乔木文丛

胡乔木诗词集

（修订本）

《胡乔木传》编写组 编

人民出版社

《胡乔木传》编写组

组　　长　邓力群

副组长　金冲及　程中原

成　　员　（按姓氏笔画为序）

　　　　　　王玉祥　卢之超　刘中海　朱元石　许　虹

　　　　　　李今中　李良志　邱敦红　郑　惠　胡木英

　　　　　　徐永军　黎　虹

《胡乔木诗词集》

主　　编　程中原

全书资料工作　李今中　许　虹

出版总负责　王乃庄

出 版 说 明

　　胡乔木(1912—1992)是杰出的马克思主义理论家,百科全书式的学者,同时又是新诗、旧诗都爱写的诗人。新诗和旧体诗词的创作伴随了他的一生。他提倡新格律诗,并以自己的创作实践进行探索。他写了不少旧体诗词,反映新的时代、新的生活,抒发共产主义者的情怀,深得读者喜爱。1988年4月,人民文学出版社出版了胡乔木自编的诗集《人比月光更美丽》,收新诗二十六首,旧体诗词十七题四十五首。这部诗集在1992年决定再版,将第一首《人比月光更美丽》收全;添进新诗一首,旧体诗二题二首,附录七篇;还作了两处改动。作者在审定《再版后记》后三天与世长逝,没有看到这部诗集的1993年7月第2版。在编辑《人比月光更美丽》时,胡乔木对自己的诗作进行了严格的汰选,同时,又为自己早年的佳作一时难于觅得而深表遗憾。近几年来,我们在搜集、整理胡乔木的遗文时,发现了作者晚年多方寻觅而不得的新诗《挑野菜》,学生时代公开发表过的一些诗篇,以及若干没有发表的诗稿,以为颇有鉴赏和研究价值;同时,作者没有选入自编的诗集中的公开发表过的诗篇,也具有保存的价值,故确定在《人比月光更美丽》的基础上加以补充,编辑这部《胡乔木诗词集》,作为《乔木文丛》中的一种出版。

　　《胡乔木诗词集》分"正编"和"补编"。共收一百一十首。"正

编"基本上是作者编定出版的《人比月光更美丽》。所不同者：一、按
作者生前的意愿，把他久觅不得的《挑野菜》(发表于 1937 年)列为
首篇。二、《人比月光更美丽》再版时按家属意见把胡乔木所作"歌
词"作为一组，放在第一辑的最后。现歌词又有新的发现，征得家属
同意，把这一组移到"补编"第一辑中。三、对每一首诗作了题注，说
明写作时间、发表情况并抄录作者的附记、原注。这样，编入"正编"
的共七十五首。其中第一辑为新诗，共二十八首；第二辑为旧体诗
词，共四十七首。"补编"编入《人比月光更美丽》之外的诗作共三十
五首，也按诗体分为两辑。第一辑为新诗，共二十首。包括公开发表
过的诗九首和歌词六首，据手稿刊印的五首。第二辑为旧体诗词，共
七题十五首。包括公开发表过的五题九首(其中一题五首为译作)，
据铅印稿刊印的二题六首，据手稿复印件刊印的一首，据手抄稿刊印
的一首。每辑又按是否公开发表分为两部分(在目录中用空行表
示)。对每一首诗也作了题注。此外，还增添了《关于〈词十六首〉的
通信》、《关于七律〈有思〉的通信》、胡乔木所作的《词十六首》和《诗
词二十六首》白话试译等几篇附录。作者生前没有公开发表过的个
人之间的赠答之作，大多没有收入这部诗词集。

《胡乔木传》编写组

一九九九年十二月三十一日

目　录

第　二　辑

补编　第一辑

补编　第二辑

附　　录

第 一 辑

第 一 章

挑 野 菜[*]

打了春，赤脚奔，挑野菜，摘茅针。

——乡童谣

挑野菜哟。
来呀，大姐她是没空，
跟我来呀，别提腿痛，
挑野菜哟。

挑野菜哟。
瞧天！春来第一个好太阳，
坐在土上你闻得见香。
挑野菜哟。

挑野菜哟。
这一篮儿哪能算多？
今晚上妈说要煮一锅。

---

* 此篇发表于 1937 年 3 月 25 日《希望》第 1 卷第 2 期。署名"乔木"。1997 年 4 月 24 日《人民日报》重载。

挑野菜哟。

挑野菜哟。
你且别忙回家，好妹妹，
听我跟你讲话歇一会。
挑野菜哟。

挑野菜哟。
喏喏，靠近来搂住我的头……
你知道昨天……我怎么能够！
挑野菜哟。

挑野菜哟。
没有什么，别瞧我的脸，
是草花里虫儿飞进我的眼。
挑野菜哟。

挑野菜哟。
回老家？唉，你的心肠真好！
还不一样？我往哪里逃？
挑野菜哟。

挑野菜哟。
野菜尽挑没有个完，
菜心虽苦它比我的甜，
挑野菜哟。

人比月光更美丽[*]

中午走过小河旁，

草上水上一群羊。

白羊黑羊好图案，

日影水影多缭乱。

我身虽在画图中，

我心与画不相通。

快来亲爱的放羊娃，

我只听懂你的话。

---

* 此篇作于 1946 年 9 月。原题为《人》。与《如果——寄前线》、《十字调》以《诗三首》为总题发表于《解放日报》1946 年 9 月 7 日第 3 版。署名"北桥"。篇末有作者"附记"："这几件小东西包含一个尝试，尝试中国人民语言中的自然的整齐音节究竟能否适当地表现他们今天的思想情感。有些作者的答复是否定的，他们说起自然的音节就是说不整齐的自由诗的音节。我尊敬自由诗，但同样尊敬今天还生存着的既整齐又自然的七言调、十言调乃至五言调、六言调、八言调、九言调等等，并且以为它们比之西洋的自由诗以及西洋式的律体诗在中国人民中间都有更多的活力。我倾向于承认整齐的音节不妨碍我们的新诗，如同它不曾妨碍我们以外的一切时代一切民族的新诗一样；当然在另一方面，仅仅有整齐的音节决不成其为诗，如同仅仅没有整齐的音节也不成其为诗一样。（九月一日）"1987 年作者编辑诗集《人比月光更美丽》时收入此篇的后半部分，改以末句为题，并以之名诗集。诗集《人比月光更美丽》再版时收入全诗。

晚上立在月光里，

抱着小孩等着妻。

小孩不管天多远，

伸手尽和月亮玩。

忽见母亲悄悄来。

欢呼一声投母怀。

月光美丽谁能比？

人比月光更美丽。

凤　凰*

谁曾经看见凤凰飞翔？
谁曾经听见凤凰歌唱？
没有谁。惟有驾驶幻想，
能追寻长生不老的鸟王。
他衔着幸福和光明的希望，
殷勤地来往在人间天上。

谁最早画出凤凰的形象？
谁最早唱出凤凰的诗章？
不知道。多谢往古的巨匠，
让多情的仙鸟歌舞在穹苍。
飞下去，你五彩缤纷的翅膀！
向天高地远，地久天长。

---

* 此篇作于 1981 年 10 月。与《茑萝》、《秋叶》、《车队》、《给歌者》、《金子》以《诗六首》为总题发表于《人民日报》1982 年 2 月 15 日第 7 版。

茑萝*

莫要对微贱的茑萝轻藐：
它不能独立，到处缠绕；
它茎软，可怜的叶也细，花也小；
到寒冷的冬天，就全身枯槁。

人不用操劳，地不用拣选，
一粒子生成富庶的家园。
手臂多纷纭，多珍惜空间；
口唇多灵巧，多珍惜语言！

我们人谁能免互相依靠？
谁能够无挂牵直升云表？
最强的心脏缠绕得最牢，
最广的关联是最高的荣耀。

---

* 此篇作于 1981 年 10 月。在《诗六首》总题下发表于《人民日报》1982 年 2 月 15 日第 7 版。

比茑萝耐老的人生,你绵延,
请倾泻更多的葱翠光鲜;
请热烈地开花把人间装点,
像繁星照耀无限的蓝天。

秋　叶[*]

树林喧闹地打扮着霜降，
满眼的绿叶变出了红黄。
风来了，一些停留在树上，
一些仓卒地四散飞扬。

旋转，低回，依依地眷顾，
秋叶落下来，夹着些絮语；
在乡间人迹稀疏的去处，
随雨雪消融，化成了沃土。

在城市的公园和人行道上，
秋带来清洁工人的繁忙。
顾不上对落叶端详鉴赏，
他们得打扫，聚集，埋葬。

---

* 此篇作于 1981 年 10 月。在《诗六首》总题下发表于《人民日报》1982 年 2 月 15 日第 7 版。篇末附注："第三首第四节：'不幸'指焚烧落叶破坏肥效，污染空气。"

不幸有姐妹在火里捐躯，
青烟默默地把残灰守护，
直到它们也投入慈母
大地的胸怀，去酿造新绿。

中国女排之歌 *

登上了世界,征尘未洗

就进入这险峻的坦平的阵地

战斗开始:传好,扣死

记分牌变换着得分的对比

暂停,教练指示着机宜

服务员忙着擦场上的汗迹

一座座城市穿梭不息

一支支劲旅较量着高低

一场紧一场,一局紧一局……

祖国胜利了! 桂冠加给你

拥抱啊,欢呼啊,掌声如醉

听奏起国歌,看升起国旗

这一天盼来了,捧着奖杯

怎禁得激动的泪泉横溢

别叫我们孙晋芳,郎平……

别问多大,是苏州是北京……

女排队员是我们的姓名

---

* 此篇作于 1981 年 11 月。发表于《人民日报》1981 年 11 月 30 日第 8 版。

青春是我们共同的年龄
谁都是中国母亲的小鹰
祖国和党是我们的家庭
家把我们从四方招定
结成了学校，工厂，军营
在我们心中燃起了光明
教我们攀登光辉的峰顶
是辛苦，但多少姐妹弟兄
流更多的汗，献出来生命……
人民光荣！我们是小兵
胜利才开始，起点还是零

问我们春潮是怎样涨落
春苗是怎样开花结果
滚翻，弹跳，举重，爬坡
人倒了，球救了，腰伤了，别管我
前面是对手，后面是祖国
人生啊，能有几回拼搏
可拼搏的队伍是滚滚的长波
奖杯，值几枚金币？没想过
谁敢说一切向着钱的争夺
是拼搏！这些浊流的泡沫……
拼搏者会输，斗志不消磨
会老，生命仍然是烈火
火把给新来的妹妹紧握
让升起的太阳再不沉没

车 队[*]

无穷的圆圈，不停地旋转。
生命在奔驰，生活在追赶。
城市在滚动，街道在缩短。
希望在燃烧，未来在召唤。

朝阳啊上班，夕阳啊下班，
忠实的潮汐，汹涌而庄严。
前面是绿灯，车跑得腾欢；
前面是红灯，车停成一片。

紧张的工厂，班组在倒换；
繁忙的商场，人众在交穿；
温暖的家庭，窗灯在明暗：——
车队在聚散，血液在循环。

---

* 此篇作于 1981 年 12 月。在《诗六首》总题下发表于《人民日报》1982 年 2 月 15 日第 7 版。

陆上的河流,时代的风帆,
民族的象征,自力地向前。
生活的阳光,守护着地面!
生命的花朵,铺设着花园。

歌　　者[*]

美慕我的，赠给我鲜花，
厌恶我的，扔给我青蛙。
酸甜苦辣，为美的追求，
这缭乱的云烟怎得淹留！
在路旁劳动和休息的乡亲，
凭咱们共死同生的命运，
我要上高山，看人寰的万象，
要畅饮清风，畅浴阳光，
要尽情地歌唱，唱生活的情歌，
直到呕出心，像临末的天鹅。

---

[*] 此篇作于 1982 年 1 月。原题为《给歌者》。在《诗六首》总题下发表于《人民日报》1982 年 2 月 15 日第 7 版。篇末附注："第五首末行：呕出心是李贺的母亲责怪他太用心写诗的话。临末的天鹅：欧洲传说，天鹅将死时鸣声特美。"收入诗集《人比月光更美丽》时改现题。

金 子*

一颗心不知丢失了多久，

好容易才又跳动在胸口。

谁想要拿金子把它换走，

你能让？能换？一万个否！否！

倘若这金子是自己所有，

心却说：送它给需要的手。

祖国的未曾相识的弟妹！

你们的幸福比金子更贵。

真想送你们金子，惭愧，

这只三十元，是眼泪和汗水。

---

* 此篇作于 1982 年 2 月。在《诗六首》总题下发表于《人民日报》1982 年 2 月 15
日第 7 版。篇末附注："第六首：根据北京市朝阳区工读学校初一（1）班十七位
同学写给中国儿童和少年基金会的信，见《人民日报》1981 年 12 月 6 日第三
版。"该信反映的事情是这样的：1981 年夏天，北京市朝阳区工读学校初一（1）班
的十七名学生冒着酷暑拔了许多草，晒干后送给农村生产队喂养耕牛。生产队
给他们三十元钱作为报酬。他们把这笔钱献给了中国儿童和少年基金会，并给
这个基金会写了一封信。作者从《人民日报》上读到这封信后，写了《金子》这首
诗。此诗发表后，在该校和社会上引起反响。1982 年 4 月 9 日，作者带着他自己
抄写的诗篇来到该校，并将它赠送给全体师生。

收下吧,请共享我们头一回
用劳动得来的报酬的甜味。

一夏天我们在烈日下拔草,
十七个都汗透,腰酸,口燥。
半夜里雷雨,一翻身就跑,
把草堆垛高,拿帆布苫牢;
再摊开,晒干,装好,运到⋯⋯
光荣啊,给农民贡献了饲料。

人性的奇珍,埋没到如今,
发亮了,像迷途的飞鸟投林。
别了,黑暗的一切招引!
我们还贫穷,又富有千金。
请收下这石头变化的金心:
人民的创造,归属于人民。

希　望[*]

贞洁的月亮，
吸引着海洋，
热烈的希望，
吸引着心房。
月下了又上，
潮消了又长，
我的心一样，
收缩又舒张。

啊我的生命，
它多么仓促！
搏动的心脏，
着魔地忙碌。
心和心相连，
敲起了腰鼓，

*　此篇作于 1982 年 3 月。发表于《中国青年报》1982 年 3 月 4 日。后经傅庚辰谱
曲，发表于《音乐生活》杂志 1983 年第 3 期。

烧起了篝火，
跳起了圈舞。

波浪在奔跃，
海没有倦时；
生命在代谢，
舞没有断时。
纵然海知道，
天会有暗时，
希望告诉心，
云必有散时。

钟　声[*]

钟声响了，它由远而近，
像伴着电火的雷鸣殷殷，
悲哀而愤怒，震动我的心。
钟声在呼唤：拿起枪，前进！
祖国在流血，人民在呻吟……

钟声响了，它由近而远，
越过旷野，向四面扩散。
钟声在呼唤，坚定而庄严：
阵地已攻占，战斗没有完；
为幸福为明天，要追逐到天边！

＊　此篇作于 1982 年 9 月。原题为《钟声响了》。发表于《诗刊》1982 年 10 月号。
收入诗集《人比月光更美丽》时改现题。

感　谢*

感谢这笼盖大地的黑夜！
人们休息了，忘记了一切。
感谢黑夜普降的恩惠，
城市和乡村都沉沉入睡，
到明天，新的力好创造新的美。

但黑夜并没有盖满大地，
人们也没有全都休息。
路上的灯光延长着白昼，
夜班的工人们精神抖擞，
直到黎明送他们到床头。

火车和轮船疾速地行驶，
有线电无线电神秘地飞驰。
警察细心地巡逻在街头，

---

* 此篇作于 1982 年 10 月。与《仙鹤》、《心跳》以《诗三首》为总题发表于《诗刊》
1983 年 5 月号。

哨兵勇敢地守卫着哨口：
看哪儿冒出来犯罪的魔手？

在煤矿，为了地面的热和光，
采煤工哪夜不战斗在井巷？
在江河湖海捕捞的渔民，
只要黑暗里发现了鱼群，
他们就遇到最美妙的光阴。

报社的总编颠倒惯晨昏，
印厂正赶印着一天的新闻。
值班的医生护士擦着汗，
在急救室里和手术床边，
为病人的生命追赶着时间。

实验室还是一片明灯，
科学家注视着新现象在萌生。
幼儿园按时有保育员往来，
挨个儿检阅着酣睡的小孩：
谁要端尿？谁被子掀开？

最后的街车早已回站。
消防车的喇叭还偶然飞喊。
现在是清洁车走街串巷，
悄悄地工作着，但是匆忙，
为明天的城市打扮着新装。

谁知道有多少无名的英雄，
为今夜和明朝在紧张地劳动！
是他们真该受我们的感谢：
为所有休息者需要的一切，
他们把自己献给了黑夜。

仙　鹤[*]

仙鹤啊，莫离开亲爱的人间，
请留下，羽化的人性的模范！
你的仪态是优雅的峰端，
你的丹顶是珍异的王冠。
你娴静，又欣然起舞翩跹，
你沉默，又俄然飞鸣震天。
除了避敌，你行止常闲，
除了孵卵，你直立不蜷。
不猛不怯，你温良而庄严，
不骄不媚，你入世而超然。
勇毅啊，你不顾远道无援，
忠信啊，你每年春北秋南。
你选中中华作你的家园，
这天赐的良缘谁不艳美！
我们多少千年的友伴，

---

* 此篇作于 1982 年 10 月。在《诗三首》总题下发表于《诗刊》1983 年 5 月号。诗题下有注："报载:我国特产的仙鹤即丹顶鹤,现已剩下很少,急需全国人民大力救护。"

怎能够看着你遭受凶残！
我们从今定力赎前愆，
请相信，这人间有恶，更有善。
失掉你，我们怎觍颜自安？
蓝天下竟无处容你盘桓？
皎洁的生灵，地上的天仙，
仙鹤啊，莫离开亲爱的人间！

仙鹤啊，莫离开亲爱的人间，
皎洁的生灵，地上的天仙！
蓝天下竟无处容你盘桓？
失掉你，我们怎觍颜自安？
请相信，这人间有恶，更有善，
我们从今定力赎前愆！
怎能够看着你遭受凶残，
我们多少千年的友伴！
这天赐的良缘谁不艳美，
你选中中华作你的家园！
忠信啊，你每年春北秋南，
勇毅啊，你不顾远道无援。
不骄不媚，你入世而超然，
不猛不怯，你温良而庄严。
除了孵卵，你直立不蜷。
除了避敌，你行止常闲。
你沉默，又俄然飞鸣震天，
你娴静，又欣然起舞翩跹。

你的丹顶是珍异的王冠，
你的仪态是优雅的峰端。
请留下，羽化的人性的模范，
仙鹤啊，莫离开亲爱的人间！

怀　旧[*]

在一个秋夜，没一点喧哗。

你悄悄进门，像是回到家。

久违的老友啊，坐下请喝茶，

拉拉咱俩过往的生涯。

少年的美梦够多么开怀！

壮年的战斗够多么痛快！

历史的洄流多叫人感慨！

我们多美慕将来的一代！

乘兴走上冷静的街头，
纪念碑前把脚步停留。
碑座的浮雕摩挲个不休，
热血在我们全身奔流。

当头的明月给我们作证，
我们的精力还多么旺盛！
天哪，让我们再一次年轻，
把人生的道路再走一程！

可恨的瞬间！一切都还了原。
在骨灰盒里你默默长眠。
我继续工作着，寻思着有一天，
停止了呼吸，许能再相见？

真能再相见，在一起回想，
在人世可留下什么惆怅？
在那儿我们只种下希望，
这宝贝，如今正愈长愈壮。

心　跳[*]

我心跳,当我在铁道旁的野地,
看到个衣衫褴褛的老翁,
躬身钻进个破烂的茅棚。
我算计,要我们年青人
不改变这世道,白活着能成?

时间过去了半个世纪,
大地的面貌终究改变。
但少年的印象还常常再现,
还使我心跳:此时此地,
是否就没有世道像从前?

还有! 哪里的回声喊叫:
还有三代人在斗室同居,
还有危房禁不住风雨。
尽管理智教我别急躁,

---

* 此篇作于 1983 年 3 月。在《诗三首》总题下发表于《诗刊》1983 年 5 月号。

一天里扫不尽苦难的残余。

我相信，我知道并且看到，
新生活迅速地散布着光明。
但在欢乐中穿插的不幸
还使我心跳，同受着煎熬。
哪天能人人都享受安宁！

红　帽[*]

在一个薄雾的早晨，
在一条浑浊的河岸，
在对岸灰暗的楼前，
突然间亮一道闪电。

一个红帽的姑娘，
从楼旁竹林里现形，
骑着自行车疾驰，
在另侧竹林里消隐。

看不清她的衣裳，
看不清她的面庞；
但透过薄雾的红帽，
却使我至今难忘。

---

[*]　此篇作于 1981 年至 1983 年。与《女工》、《小鸟天堂》、《专业户》、《一对父母》、《在陡河电厂》、《悲和乐的争讼》、《松林》以《诗八首》为总题发表于《诗刊》1985 年 3 月号。作者注：1983 年春记 1980 年冬所见，当时红帽还很少人戴。

不同夜空的流星，
恰如幽树的流莺：
突现了；不见了；铺遍了
青春的欢乐和光明。

谁说人生是灰暗的？
灰暗也幻化着辉煌。
谢谢你，红帽的姑娘！
谢谢你，红帽的工匠！

小　车 *

小车不倒只管推，
老汉推车出如归。
上坡下坡慢慢走，
百里平川看鸟飞。

小车不倒只管推，
路远不过一身灰。
豺狼虎豹都领教，
千人开路万人随。

---

* 此篇作于 1983 年 7 月。发表于《解放军报》1983 年 7 月 21 日第 3 版。篇末有作
者附言："'小车不倒只管推'，原是河南许昌桂村公社水道杨大队的党支部副书
记兼桂村农业中学校长杨水才同志爱讲的一句名言。杨水才同志 1949 年参军，
1956 年入党，1966 年 12 月因肺结核等病去世（假定他是在十八岁左右参军，那
么他去世时当是三十五岁左右，可见他爱说'小车不倒只管推'并非因为他年纪
大了，而是因为长期患病），是位著名的劳动模范和革命积极分子。好久没见再
提到他了，不知跟 1966 年的动乱有什么关系没有。无论如何，他的这句话总很
值得流传，连沈从文先生也写过'独轮车虽小，不倒永向前'的诗句。我因看了
这个句子，记起原话，念念不忘，就想拿它作题目写一首民歌体的诗，诗是没有写
好，可为了宣传这句话，还是把它发表了。"

小车能推只管推，
军号能吹只管吹。
号声吹得人心亮，
吹得行车有指挥。

小车不倒只管推，
车倒扶起往前追。
扶不起来也没啥，
滚滚长江浪浪催。

松　林*

我又看见你了，
大群的常青的巨伞！
你是人生的忠实的
不知畏惧的旅伴：
你昂然迎接着酷暑，
也昂然迎接着严寒。

你给辛苦的行路人
无价的枕席和屋顶：
你使身上受伤的，
创痛消失于梦境；
又使心里受伤的，
在梦境找着了柔情。

你脚下的蘑菇和野花，
是邻人和游人的宠爱。

***

* 　此篇作于 1984 年夏。在《诗八首》总题下发表于《诗刊》1985 年 3 月号。

也许你招来的顽童，
把你的弱枝伤害，
你还是慈母般相待，
直到他懂得悲哀。

千百年你饱阅悲欢，
这宝藏谁能够揭露？
风雨中你狂啸低吟，
这诗歌谁能够译注？
正直者，你豪放而恬淡，
这品格谁能够描摹？

你的强劲的躯干，
宣示着勇士的高贵。
树脂是你的泪水吗？
不，它不簌簌下坠。
它比人的血还浓；
正是血，造就人的美。

一 对 父 母 [*]

有这样一对父亲和母亲，
　　他们从不曾有什么烦恼，
　　年龄和党龄当然都不小，
位居这样那样的要津。
好一对有福的父亲和母亲。

这一对有福的父亲和母亲，
　　猛然有一天大祸临头，
　　原来他们的儿子要求
踏上他们早年的脚印。
这可吓坏了父亲和母亲。

这对吓坏的父亲和母亲，
　　走为上计，就千里迢迢，
　　当面把儿子严加开导：

---

[*]　此篇作于 1984 年秋。在《诗八首》总题下发表于《诗刊》1985 年 3 月号。作者
注：这里写的是虚构的故事，请勿误会。

时代在前进,万象迎新,
死脑筋,还老学过去的双亲!

多亏是来了父亲和母亲,
　　儿子皈依了最新的真理,
　　向学校撤回了背时的主意。
忠孝双全了,党性和孝心,
因为是听从老党员的双亲。

逢凶化吉的父亲和母亲,
　　来时心寒,去时心欢。
　　我们也祝他俩一路平安。
怎么,警告了? 党莫非发了晕,
这样对教子有方的双亲!

在陡河电厂[*]

受你的恩惠已是多年，
今天才拜见你的慈颜。
你的心多么慈祥大度，
变出光照耀千家万户；
你的手操作得井井有条
紧张的劳动紧依着轨道。
在你的心脏——计算机房，
排坐着凝视信号的姑娘，
一个个像一尘不染的精灵，
监视着全厂机器的运行。
值班的炉前工细看着火焰，

他们得对付好外来的煤炭。
（尽管在开滦这著名的煤都，
怎料暴雨竟冲垮了地府！）
电厂正扩建新的厂房，
它将使这里的发电量猛长。
那两座高耸入云的烟囱，
有本领制服逞凶的黑龙。
啊，这里的一切充满着庄严，
跟祖国的明天密切相连；
吸着这紧张奋发的空气，
哪还能分开个人和集体！
工业，我们时代的光荣，
每天像教师教诲着儿童：
从没有什么天降的美酒，
幸福只能靠勤奋的追求。
不穿过一道又一道窄门，
怎算得经历壮丽的青春？

42

快乐的女工[*]

朝阳照耀着朝颜，
春潮般涌进车间。
每双手跟随每双眼，
静坐着追赶流水线。

编入的我们的青春，
织出的我们的青春，
骄傲的我们的青春，
祖国啊，没一点污痕。

下了班也觉得腰累呀，
可归途的笑声好脆呀！
半天霞也看得够醉呀，
可晚上团员还有会呀！

---

* 此篇作于 1984 年冬。原题为《女工》。在《诗八首》总题下发表于《诗刊》1985
年 3 月号。

小 鸟 天 堂[*]

从这个长满榕树的岛屿，

我们每天出去吃虫鱼。

感谢这里的家家户户，

让我们多年在这里安居。

诗人说是天堂，不知配不配？

反正名目对我们无所谓。

我们大小鸟处得倒和睦，

谁也怕想到血肉横飞。

只请问远近的各位观众，

你们的世界上怎不断兵戎？

说有人能毁灭两个地球，

作孽！还要到太空去行凶！

你们能爱鸟，还能没力量

---

[*] 此篇作于 1984 年冬。在《诗八首》总题下发表于《诗刊》1985 年 3 月号。作者注：小鸟天堂是广东省新会县城南天马河上的一个约十七亩的长满榕树的小岛。树上住满早出晚归的（或说也有晚出早归的）各种鹭类、鸣禽和别的雀类，据说有两万只左右。一九三三年巴金先生在这里游览后写过一篇散文《鸟的天堂》，由此得名。想因"的"字不合地名习惯，被改称为"小鸟天堂"了，虽然鹭不算小鸟。这个岛现已成为一方名胜，近年还在河南岸建了一座观鸟台。

替自己造一座和平的天堂？
造起吧！我们将请来所有的
鸟类，唱你们最美的风光！

专 业 户[*]

听说有几位客人来访，
主人忙离开金黄的果园，
让姑娘留下，带看着鱼塘，
就赶回彩釉房顶的楼前。
拍拍土，擦擦汗，请来客进前厅，
大伙儿在两排沙发上对坐。
关掉电视机，叫小孩快照应。
话匣打开了。水也开了锅。

*　此篇作于 1984 年冬。在《诗八首》总题下发表于《诗刊》1985 年 3 月号。

虹 的 传 说 *

从前天空没有虹。

天地间只有一座奈何桥。

奈何桥,三寸宽,万丈高,

桥下是蛇狼虎豹。

谁听了都会胆战心惊。

但是不怕死的勇士

偏要走过这神秘而危险的桥。

他们要到天上去,

听说那里到处是四季长青的芳草地;

到处是蔚蓝的澄清的空气;

人们在那里不知道压迫和忧愁;

只知道快乐地劳动,学习,创造,

自由地生活,休息,

自由地恋爱,唱歌,跳舞。

* 此篇作于 1985 年初。与《枣园即事》、《窗》、《桃花》以《旧作四题》为总题发表于《人民日报》1987 年 7 月 16 日第 8 版。发表时写作时间误记为 1984 年初。收入诗集《人比月光更美丽》时更正。

聪明人说他们是做白日梦。
邻居们也苦苦地劝告他们
不要白白地送掉自己的生命。

啊！第一个勇士倒下来了，
接着是第二个,第三个……
但是地上的哭泣的人们
看见空中出现的奇迹：
倒下的勇士没有落下,
却变出大朵斑斓的鲜花。

勇士接着勇士,
鲜花接着鲜花,
盖满了大半个奈何桥。
奇怪的鲜花,柔嫩而又坚韧,
它们不枯萎,也不凋谢,
把桥变得又宽又牢。
更多的男人和女人,老年和少年,
来到桥头,踏着鲜花,
成队地往前走去。

那些开头劝告他们别去的人们里,
也有人参加进来了。
聪明人沉默着,他要看个究竟。

勇士们有没有人到达彼岸？

人们现在还说不清。
但是天上传到地上的消息越来越多了，
在桥上前进的人们也越来越多。
人们不再叫它奈何桥。
看哪，勇士们在桥上抖擞地走着，
还没到彼岸，就已经在唱歌和跳舞！
而鲜花，前驱者的精灵，铺成的桥面，
就成了今天连接地和天的虹。

枣 园 即 事*

枣园旁偏僻的小村，
男人们今天都上了山，①
只留下媳妇，姑娘，
小孩，老婆婆和老汉。

忽然爆发了欢笑声。
人们都围着座秋千架。
起先是妇女们自己打，
后来男人也参加。

从哪里来了男人？
是驻在邻近的解放军。
交替地打了一阵，
大家还没有过瘾。

---

* 此篇作于 1985 年初。在《旧作四题》总题下发表于《人民日报》1987 年 7 月 16
日第 8 版。发表时写作时间误记为 1984 年初。收入诗集《人比月光更美丽》时
更正。
① 作者手稿注：延安的耕地都在山上。

老人说：男和女对打！
游戏升到了高潮。
汗水湿透了衣服，
谁也不感到疲劳。

生命的和谐的节奏，
随着跳荡的秋千，
好像要飞上云天，
要一直延续到永远。

多么信任和亲密，
像一家兄弟和姐妹。
兵和民再没有区分，
男和女也没有忌讳。

美丽的风俗画卷，
一切都如此自然。
永别了，多年的噩梦！
前进吧，幽谷的流泉！

啊，如果世上的兵和民，
男和女，都自由自在，
面对面打着秋千——
这一天何时到来？

窗 *

打开窗户，不用奔走操劳，

　　就能见浪拍海岸，云起长天，

　　楼房拔地，道路延伸到广远，

自然和人类一切神奇的创造。

分担不分担人世的喜怒欢哀，

　　随你的自由；安坐在自己的席位，

　　饱看舞台上进出的一群群傀儡，

有兴致，就评评剧本和演出的成败。

窗开着像关着，人存在也像不存在。

　　扰扰的红尘除观照于你何有？

　　　群众都拜倒于你的澄明的睿智。

忽然你瞥见一个跌倒的小孩，

　　车在飞驰，你跳出闭锁的小楼。

　　　你活了，你为这孩子活下来，敢去死！

---

* 　此篇作于 1985 年初。在《旧作四题》总题下发表于《人民日报》1987 年 7 月 16
　　日第 8 版。发表时写作时间误记为 1984 年初。收入诗集《人比月光更美丽》时
　　更正。

桃　花[*]

桃花谢了，美没有消亡：
多迷人，熟果的色，形，味，香！
母亲的春天的明媚，依旧在
孩子的欢笑蹦跳里回荡。
红颜化成爱，悄悄地滴落到
心底，再不见风，雨，阳光。

---

* 此篇作于 1985 年初。在《旧作四题》总题下发表于《人民日报》1987 年 7 月 16
日第 8 版。发表时写作时间误记为 1984 年初。收入诗集《人比月光更美丽》时
更正。

天 安 门

天安门前的人行大道

我曾多少次边走边瞧

投入东来西往的人流

迷入左右前后的说笑

迷着要歌唱　迷着要舞蹈

迷着要蒸发　迷着要燃烧

天安门前　一切在吸引

天安门前　一切在拥抱

你我他她　可消融在梦境?

不不　我们在一同创造

呼吸　爱抚　这沸腾的生活

这血汗的收成　这心中的珍宝

走了还要走　瞧了还要瞧

要为你劳动　要向你报效

纵然倒下　忠实的灵魂

也向你飞来　将你萦绕

＊　此篇作于 1989 年 10 月。发表于《人民日报》1989 年 11 月 20 日第 8 版。

第　二　辑

六 州 歌 头

国 庆[*]

　　茫茫大陆,回首几千冬。人民众,称勤勇,挺神功。竟尘蒙!夜永添寒重。英雄种,自由梦,义竿笋,怒血迸。讶途穷。忽震春雷,马列天涯送。党结工农。任风惊浪恶,鞭影指长虹。穴虎潭龙,一朝空。　　喜江山统,豪情纵;锤镰动,画图宏。多昆仲,六洲共;驾长风,一帆同。何物干戈弄,兴逆讼,卖亲朋,投凶横,求恩宠,媚音容。不道人间,火炬燃偏猛。处处春浓。试登临极目,天半战旗红,旭日方东。

---

[*] 此篇作于 1964 年 10 月。与《水调歌头　国庆夜记事》、《贺新郎　看〈千万不要忘记〉》、《沁园春　杭州感事》、《菩萨蛮　一九六四年十月十六日原子弹爆炸》(五首)、《水龙吟》(七首)以《词十六首》为总题发表于《红旗》杂志 1965 年第 1 期,并在《人民日报》1965 年 1 月 1 日第 7 版先行刊载。

水调歌头

国庆夜记事[*]

今夕复何夕,四海共光辉。十里长安道上,火树映风旗。万朵心花齐放,一片歌潮直上,化作彩星驰。白日羞光景,明月掩重帷。　　天外客,今不舞,欲何时? 还我青春年少,达旦不须辞。乐土人间信有,举世饥寒携手,前路复奚疑? 万里风云会,只用一戎衣。

---

* 此篇作于 1964 年 10 月。在《词十六首》总题下发表于《红旗》杂志 1965 年第 1 期,并在《人民日报》1965 年 1 月 1 日第 7 版先行刊载。

贺 新 郎

看《千万不要忘记》[*]

　　一幕惊心戏。记寻常亲家笑面,肺肝如是。镜里芳春男共女,瞎马悬崖人醉。回首处鸿飞万里。何事画梁燕雀计,宿芦塘那碍垂天翅? 天下乐,乐无比。　　感君彩笔殷勤意,正人间风云变幻,纷纷未已。兰蕙当年今何似? 漫道豺狼摇尾;君不见烽烟再起? 石壁由来穿滴水,忍江山变色从蝼蚁? 阶级在,莫高睡。

---

[*] 此篇作于 1964 年 10 月。在《词十六首》总题下发表于《红旗》杂志 1965 年第 1 期,并在《人民日报》1965 年 1 月 1 日第 7 版先行刊载。

沁 园 春

杭 州 感 事[*]

穆穆秋山,娓娓秋湖,荡荡秋江。正一年好景,莲舟采月;四方佳气,桂国飘香。玉绽棉铃,金翻稻浪,秋意偏于陇亩长。最堪喜,有射潮人健,不怕澜狂。　　天堂,一向宣扬,笑今古云泥怎比量!算繁华千载,长埋碧血;工农此际,初试锋芒。土偶欺山,妖骸祸水,西子羞污半面妆。谁共我,舞倚天长剑,扫此荒唐!

---

* 此篇作于 1964 年 10 月。在《词十六首》总题下发表于《红旗》杂志 1965 年第 1 期,并在《人民日报》1965 年 1 月 1 日第 7 版先行刊载。

菩 萨 蛮(五首)

一九六四年十月十六日原子弹爆炸[*]

神仙万世人间锁,英雄毕竟能偷火。霹雳一声春,风流天下闻。　风吹天下水,清浊分千里。亿众气凌云,有人愁断魂。

其　二

昂昂七亿移山志,忍能久久为奴隶! 双手扭乾坤,教天认主人。　浮云西北去,孔雀东南舞。情景异今宵,天风挟海潮。

其　三

攀山越水寻常事,英雄不识艰难字。奇迹总人为,登高必自卑。　登临何限意,佳气盈天地。来者尽翘翘,前峰喜更高。

---

* 此篇作于 1964 年 10 月。在《词十六首》总题下发表于《红旗》杂志 1965 年第 1 期,并在《人民日报》1965 年 1 月 1 日第 7 版先行刊载。

其　　四

西风残照沉昏雾,东方红处升霞柱。雾暗百妖横,霞飞四海腾。　　霞旗扬四海,壮志惊千载:愿及雾偕亡,消为日月光!

其　　五

从来历史人魔战,魔存那得风波晏? 此日揽长缨,遥看天地清。　　长缨人卅亿,垓下重围密。魔倒凯歌高,长天风也号。

水　龙　吟（七首）*

　　星星火种东传,燎原此日光霄壤。茅庐年少,斯民在抱,万夫一往。几度星霜,江河沸鼎,乾坤反掌。喜当年赤县,同袍成阵,寒风里,生机旺。　　破夜洪钟怒响,起征人晓歌齐唱。东风旗帜,南针思想,北辰俯仰。雷迅文章,风生谈笑,敌闻胆丧。唤鹰腾万仞,鹏征八表,看云天壮。

其　　二

　　开天辟地神威,列宁事业前谁偶? 一声炮响,卅年血战,双枝并秀。边寨惊烽,萧墙掣电,岁寒知友。笑涎垂虎吻,心劳鼠技,分荆梦,今醒否? 　　九亿金城深厚,问全球此盟何有? 八方风雨,万邦忧乐,千秋休咎。任重途长,天看旗帜,地看身手。要同舟击楫,直须破浪,听风雷吼。

---

*　此篇作于 1964 年 11 月。在《词十六首》总题下发表于《红旗》杂志 1965 年第 1 期,并在《人民日报》1965 年 1 月 1 日第 7 版先行刊载。

其 三

举头西北浮云,回黄转绿知多少。当年瑶圃,穴穿狐兔,可怜芳草。目醉琼楼,神驰玉宇,沉沦中道。更元奸移位,长城自毁,旌旗暗,迷残照。　　绝城不堪终老,怎天涯犹迟归棹?远行应念,亡羊歧路,甘人虎豹。珍重家园,良苗望溉,顽荆待扫。趁投鞭众志,何当共驾,再乾坤造?

其 四

旧时王谢堂前,似曾相识归来燕。新妆故态,异乡征逐,画堂依恋。羞贱骄贫,抛亲弃侣,衔泥自美。忽火飞梁坠,一朝零落,梦犹怨,君恩浅。　　秋去春来何限,怎滔滔竟尊冠冕?朱门命寄,苍生儿戏,风云色变。十载簧言,万年粪秽,蝇趋菌衍。愿孙孙子子,矢清遗孽,奋除妖剑。

其 五

算来反面教员,先生榜样堪千古。相煎如房,鞭尸如虎,临危如鼠。口唱真言,手挥宝箓,若呼风雨。甚三无世界,两全党国,天花坠,归尘土。　　涸辙今看枯鲋,定谁知明朝鲂鲔?膏肓病重,新汤旧药,怎堪多煮?恨别弓惊,吞声树倒,相呼旧侣。看后车重蹈,愁城四望,尽红旗舞。

其 六

居然粉墨登场,十年一觉邯郸梦。当初直料,雌黄信口,香花永供。逆子倾家,残红傍路,惊风忽送。忆连横秦相,称儿晋帝,争道是,真龙种。 惯见蜣丸蚁冢,任纷纭昆仑自笨。江山有待,一声狮吼,万旗云涌。天意多情,蜉蝣空怨,地轮飞动。看连天芳草,莺迁燕返,又春光重。

其 七

问君古往今来,皇皇文化何人造?千年奴隶,生涯牛马,看人醉饱。史页新开,天南地北,赤光普照。说狼羊共处,今谁偏应,膏牙爪,甘镣铐? 革命一声号炮,动河山直穿云表。风追骐骥,光寒剑戟,奋锄强暴。作雾蚩尤,含沙鬼蜮,妖氛初扫。乘摇空雪浪,漫天雹雨,指冰山倒!

六 州 歌 头（二首）

一九六五年新年[*]

　　江山万里，一派好风光。天日朗，人心畅，奋图强。比和帮，大野
争驰荡。空依傍，开兴旺，催能匠，添奇象，巧梳妆。刮目相看，古国
呈新样，赤帜威扬。美参天大树，傲骨斗冰霜。桀犬徒狂，吠何
伤！　　莫非非想，全无恙；知风浪，辨康庄。侵凌抗，兵民壮；病虫
防，斗争长。文武勤劳尚，披荆莽，事农桑。险同上，甘相让，苦先尝。
身在茅庐，举世烽烟望，血热中肠。欲闻鸡起舞，整我战时装，共扫
强梁。

其　　二

　　寒山远望，春暖越重洋。春潮莽，连天壤，震遐荒。战歌昂，凌厉
山河壮。干戈掌，方针讲，人民仰，同仇广，阵容强。触目惊心，败叶

---

* 此篇作于 1965 年 1 月。与《梅花引　欣闻印度尼西亚退出联合国》、《梅花引
夺印》、《江城子　赠边防战士》(二首)、《小重山　赠海岛战士》、《定风波　祝
捷》(二首)、《念奴娇　重读雷锋日记》(四首)、《采桑子　反"愁"》(四首)、《生
查子　家书》(四首)、《七律　七一抒情》(四首)、《七律　西藏自治区成立》以
《诗词二十六首》为总题发表于《红旗》杂志 1965 年第 11 期，并在《人民日报》
1965 年 9 月 29 日第 6 版先行刊载。

纷纷降,兔死狐伤。直冰崩瓦解,何计逞猖狂?两大分赃,梦徒香。　　纵添兵将,夸大棒,嚣尘上,陷泥塘。纷说项,宣忍让,舌如簧,愿难偿。大宇东风旺,无遮挡,任飞扬。争解放,坚方向,锐锋芒。何世人间,虎豹容来往?众志金汤。教红旗遍地,万国换新装,日月重光。

梅 花 引

夺 印[*]

　　领袖语,牢记取,百年大计争基础。背行囊,带干粮,眉飞色舞队队下乡忙。当年八路今重到,共苦同甘群众靠。万重山,不为难,不插红旗定是不回还。　　社藏鼠,欺聋瞽,不爱贫农爱地主。话连篇,表三千,偷梁换柱黑网结奸缘。人间自有青霜剑,慧眼何愁形善变?起群雄,灭阴风,还我河山长作主人翁。

---

[*] 此篇作于 1965 年 3 月。在《诗词二十六首》总题下发表于《红旗》杂志 1965 年第 11 期,并在《人民日报》1965 年 9 月 29 日第 6 版先行刊载。

江　城　子（二首）

赠边防战士 [*]

　　少年心愿在天边。别家园，度重关，南北东西多少好河山！为保金瓯颠不破，鞋踏烂，不辞难。　　远征才觉道途欢。北风寒，有何干，雪地冰天为我驻朱颜。背上枪枝登哨所，千丈壁，起炊烟。

其　　二

　　练兵塞上好风光。号声忙，踏严霜，猎猎军旗天际看飞扬。待到刺刀拼过了，挥汗水，对朝阳。　　墙头大字写琳琅。报爹娘，放心肠，多少英姿年少事戎行。大海航行歌四起，营地乐，胜家乡。

---

[*]　此篇作于1965年4月。在《诗词二十六首》总题下发表于《红旗》杂志1965年第11期，并在《人民日报》1965年9月29日第6版先行刊载。

小　重　山

赠海岛战士[*]

　　万顷狂涛拍岸腾。良宵谁伴我？满天星。海风撼树欲相惊。劳梦想，铁汉岂虚名？　　　入伍记丁宁：田园铺锦绣，仗干城。江山望断睡无声。千百岛，炯炯有双睛。

---

* 此篇作于 1965 年 4 月。在《诗词二十六首》总题下发表于《红旗》杂志 1965 年第 11 期，并在《人民日报》1965 年 9 月 29 日第 6 版先行刊载。

定 风 波（二首）

祝 捷*

一 我东海渔民民兵配合海军航空兵部队活捉美制蒋机驾驶员

（一九六四年十二月十八日）

种得沧波万顷田，生涯都在捕鱼船。风浪常经如坦道，非傲；海防还欲共先鞭。　意气终教身手现，群燕，水天双奏凯歌还。七亿能劳又能武，千古，谁曾见此铁江山！

二 我空军和我海军航空兵部队多次击落美蒋入侵飞机

赤县于今有领空，蓝天一望美乘风。银翼翩翩来又去，天女，仙梭织锦任西东。　飞盗谁夸能漏网？休想；铜墙铁壁九霄中。花样翻新方得意，涂地；健儿竞报立奇功。

---

* 此篇作于 1965 年 11 月。在《诗词二十六首》总题下发表于《红旗》杂志 1965 年第 11 期，并在《人民日报》1965 年 9 月 29 日第 6 版先行刊载。

念 奴 娇(四首)

重读雷锋日记[*]

飞来何处,凤凰雏腾作一团烈焰!堕地当年阶级苦,小小孤儿尝遍。大地身翻,亲人仇报,我亦开眉眼。千言万语,握枪才是关键。　　君试共我高翔,人间尽看,何往非前线?四海尚多奴隶血,小我何堪迷恋?身是螺钉,心怀天下,有限成无限。高山松柏,岁寒常忆肝胆。

其　　二

山歌一曲,万人传党的恩情胜母。字字珍珠和泪裹,唱出雷锋肺腑。得有今朝,多亏先烈,我敢辞艰苦!为群舍己,傻瓜甘愿为伍。　　长记群众中来,群众中去,领袖殷勤语。一朵花开春不算,要看百花齐吐。友爱春风,热情夏日,对敌威于虎。名传"解放",格高光耀千古。

_* 此篇作于 1965 年 5 月。在《诗词二十六首》总题下发表于《红旗》杂志 1965 年第 11 期,并在《人民日报》1965 年 9 月 29 日第 6 版先行刊载。

其　三

　　分明昨夜，老人家万种慈祥亲爱。醒后追寻何处是？日月文章永在。最忆良言，全心为党，骄躁悬双戒。不干滴水，只缘身献沧海。　　谁令抱被遮泥，潜名寄款，风气千秋改？真理一归群众手，多少奇姿壮采！鼠目光微，蝇头利重，少见徒多怪。红旗浩荡，共奔忘我时代。

其　四

　　寻常日记，细观摩满纸云蒸霞蔚。时代洪流翻巨浪，舒卷英雄如意。昔恨蛟潜，今欣龙跃，海底奇峰起。几多学者，语言无此滋味。　　颜色涂绘由人，如君红透，羞杀营营辈。花落结为千粒子，一代红巾争继。勤洗灰尘，多经风雨，立定上游志。力争不懈，青春长傲天地。

采 桑 子（四首）

反 "愁"*

愁来道是天来大。试看长天，一碧无边，那见愁云一缕烟？欺人妄语愁如海。万顷波翻，万马蹄欢，大好风光总万般。

其 二

谁将愁比东海水？无限波澜，载得风帆，踊跃奔腾直向前。登天蜀道何须怨？不上高山，突兀颠连，怎见人间足壮观？

其 三

相思未了今生愿。万里烽烟，怒发冲冠，岂可缠绵效缚蚕？孤芳绝代伤幽谷。待入尘寰，与众悲欢，始信丛中另有天。

---

* 此篇作于1965年5月。在《诗词二十六首》总题下发表于《红旗》杂志1965年第11期，并在《人民日报》1965年9月29日第6版先行刊载。前有小序云："前人文藻，多言愁恨。其中一部分反映了旧社会的压迫，是可以理解或者值得同情的；另一部分却不值得同情，很多还是空虚的，虚伪的，甚至反动的。后者固然毒害青年，需要扫荡，前者也不能让读者沉浸其中，妨碍革命乐观主义力量的发展。因择其习见语痛辟之。"作者收入诗集《人比月光更美丽》时未录。

其　四

　　花开何用愁花谢？白发三千，何让春妍？老马知途好着鞭。　　生离死别寻常见。美甚神仙，万古团圆？不尽生机赞逝川。

生　查　子(四首)

家　书[*]

家书岂万金,四海皆昆仲。养育亦多情,形影常来梦。　屈指渐成人,文武须双重。何事最关心:是否勤劳动?

其　二

斗争如海洋,早晚云霞涌。流水片时停,毒菌争传种。　青春只一回,转眼能抛送。百炼化为钢,只有投群众。

其　三

牡丹富贵王,弹指凋尘土。岂是少扶持? 不耐风和雨。　如此嫩和娇,何足名花数? 稻麦不争芳,粒粒酬辛苦。

---

* 此篇作于 1965 年 6 月。在《诗词二十六首》总题下发表于《红旗》杂志 1965 年第 11 期,并在《人民日报》1965 年 9 月 29 日第 6 版先行刊载。同题共六首,其五、其六没有公开发表,现收入本书补编中。

其　四

纵观天地间,陵谷多奇趣。东海有长鲸,常与波涛伍。　顺水好行船,终向下游去。若要觅英雄,先到艰难处。

七　律（四首）

七一抒情 *

如此江山如此人，
千年不遇我逢辰。
挥将日月长明笔，
写就雷霆不朽文。
指顾崎岖成坦道，
笑谈荆棘等浮云。
旌旗猎猎春风暖，
万目环球看大军。

其　二

滚滚江流万里长，
几分几合到汪洋。

---

* 此篇作于 1965 年 6 月。在《诗词二十六首》总题下发表于《红旗》杂志 1965 年第 11 期，并在《人民日报》1965 年 9 月 29 日第 6 版先行刊载。

源头尽望千堆雪，
中道常迴九曲肠。
激浪冲天春汛怒，
奔雷动地早潮狂。
层峦叠嶂今安在？
一入沧溟喜浩茫。

其　　三

历经春夏共秋冬，
四季风光任不同。
勤逐炎凉看黄鸟，
独欺冰雪挺苍松。
寒虫向壁寻残梦，
勇士乘风薄太空。
天外莫愁迷道路，
早驱彩笔作长虹。

其　　四

六洲环顾满疮痍，
豕突狼奔猎者谁？
肝胆誓分兄弟难，
头颅不向寇仇低。
自由合洒血成碧，
胜利从来竿作旗。

休向英雄夸核弹，

欣荣试看比基尼①。

---

① 作者原注：比基尼，太平洋马绍尔群岛中的珊瑚岛。1946年美军作为核武器试验基地。当时报载，该岛虽迭经核爆炸，至1965年考察时仍草木丛生云。

七　律

怀　念[*]

呕心沥血变河山，
雨暴风狂意气酣。
文武一身能有几，
股肱到老古来难。
照人晚节薪传火，
遗爱雄碑泪化丹。
此德此功如可没，
海枯石烂地天翻！

---

*　此篇作于 1978 年 3 月。发表于《诗刊》1978 年 3 月号。收入诗集《人比月光更美丽》时作者对颔联作了修改。

七　律（四首）

有　思[*]

七十孜孜何所求，

秋深深未解悲秋。

不将白发歌黄落，

贪伴青春事绿游。

旧辙常惭输折槛，

横流敢谢促行舟？

江山是处勾魂梦，

弦急琴摧志亦酬。

少年投笔依长剑，

书剑无成众志成。

帐里檄传云外信，

心头光映案前灯。

红墙有幸亲风雨，

---

[*] 此篇作于 1982 年 6 月。原题为《有所思》。发表于《人民日报》1982 年 7 月 1 日第 2 版。收入诗集《人比月光更美丽》再版本时改现题。

青史何迟判爱憎！
往事如烟更如火，
一川星影听潮生。

几番霜雪几番霖，
一寸春光一寸心。
得意晴空羡飞燕，
钟情幽木觅鸣禽。
长风直扫十年醉，
大道遥通五彩云。
烘日菜花香万里，
人间何事媚黄金！

先烈旌旗光宇宙，
征人岁月快驱驰。
朝朝桑垄葱葱叶，
代代蚕山粲粲丝。
铺路许输头作石，
攀天甘献骨为梯。
风波莫问蓬莱远，
海上愚公到有期。

歌　行

乐山大佛歌[*]

乐山有大佛，

壮伟冠东亚。

独坐江边接云水，

悠悠岁月千年跨。

游人趾上仰弥高，

烦恼红尘顿一划。

昔时峭壁当激流，

舟人到此鬼门讶。

高僧海通志除危，

凿山造像济天下。

横眉抉目拒贪吏，

粉骨碎身全不怕。

航道平安岂神力？

为德为艺差并驾。

乐山山水皆可乐，

---

[*] 此篇作于 1989 年 1 月。发表于《人民日报》1989 年 11 月 20 日第 8 版。

通衢夹道连广厦。
三川合抱大江投，
半天斜落峨眉架。
风景繁华未足多，
巍然一尊传佳话。
饱阅沧桑忧患频，
慈容争奈弹火炸！
春光迟到到如归，
修整护持今未罢。
四海人潮日日朝，
来非礼佛礼文化。
巨匠作佛等千人，
作人合参天地大。
十亿灵魂摩上苍，
佛亦抬头看华夏。

七 古

赠 谷 羽[*]

白头翁念白头婆，

一日不见如三秋。

五十余年共风雨，

小别数日费消磨。

此生回顾半虚度，

未得如君多建树。

两弹一星心血沥，

正负对撞声名著。

晚年遭遇颇离奇，

浮云岂损日月辉。

自古功成身合退，

沙鸥比翼两忘机。

伏枥亦作并驾图，

缠身衰病心有余。

抚躬一事堪自慰，

---

* 此篇为 1992 年 8 月病中作。收入诗集《人比月光更美丽》再版本。

唱随偕老相护扶。

人言五十是金婚，

黄金纵贵难比伦。

夕阳更胜朝阳好，

傍君不觉已黄昏。

补　编

第　一　辑

第 一 章

别　辞*

我底美丽的小提琴啊，

当我末一次为你弹弄

我底悲伤的梦幻的调子

我底心是何等爱你呀！

你是柔弱而忸怩的，

你底勇气使你不敢露面

却默默地躲在我底怀里，

等到我在旅途上走倦

一个人坐到戴花的野草上

且轻轻地叹息时

你才快乐地跳出了，

你替我唱了许多可笑的传奇，

又用了别人所不能知的言词

来安慰我底秘密的哀愁。

---

* 此篇作于 1930 年 5 月 7 日。发表于 1930 年 5 月 31 日出版的《扬州中学校刊》第 50 期。署名胡鼎新。篇末有作者附言："如果这首诗是可以发表的话，容我自己来批判一句罢：这首诗底感伤气太重。——同志们，愿我们互相勉励！作者敬礼。"

但我亲爱的青春的友伴！

我要怎样来对你讲呢？

我为你弹了各种的歌声

于我却仅是不调和的残破或错乱！

我将重整我底弓弦，

我将不再弹什么

沾沾自喜的富郎们，

翩翩顾影的姑娘们，

象牙塔里的学艺者们

和捧着古代或上司底经典

高呼着"服从！"的教育家们，

我将永不再弹布尔乔亚底温暖而腐烂的歌声了，

我说："再会吧！"

若我继续混在犬儒和宿命论者之群里

或凄然地藏在时代底暗角里，

我底青年的心会要发霉，

我底手将瘫痪不能拨你了！

小小的提琴啊，你不要怕我现在

将弦张得太紧，弓拉得太急了罢，

我是被人间底的爱情所融化

使我再不能忍受这非生灵的

冷淡与平凡的空气了，

我要来奏一个粗暴的调子

直到你恚然中断。那时

你将见你底密友倒卧在

人们所赐与的血迹模糊里，

但他底脸上却仍然溢出了
战斗过来的红色的欢笑，
因为他底血液曾是沸热
而他底灵魂是永远的光明的。

满天吹着西班牙的风*

满天吹着西班牙的风；

西班牙的号声胜利的飘扬；

再会吧，里维拉！① 中古的黑梦！

工人的联合——万寿无疆！②

满天吹着西班牙的风；

今天的号声很不平常；

---

* 此篇发表于 1936 年 8 月 25 日《光明》第 1 卷第 6 号。署名"乔木"。1936 年 7 月
  17 日，西班牙法西斯军人在驻军城镇发动了反共和反政府的军事叛乱，引发内
  战。共和派军队得到共产党领导的西班牙左翼人民阵线、广大工人、农民和许多
  中产者的支持，除西属摩洛哥、加那利群岛、巴利阿利克群岛、瓜达拉马山和埃布
  罗河以北部分地区外，在全国许多地区把叛乱镇压下去。此诗即为声援西班牙
  人民的反法西斯斗争而作。
① 里维拉(Jose Autonio Primo de Riveno)：支持佛朗哥长枪党的法西斯头目。
② 作者原注：爱伦堡在《革命的西班牙》第一章《西班牙前进》里说："如今西班牙到
  处都重复这三个字母：'U.H.P.—Unios, Hermanos, Proletarios' U.H.P.万岁是全
  西班牙最风行的口号，它简直成为日常的口头语了。"

七月十七,弗朗科在摩洛哥……①

集合的保卫! 西班牙的儿郎——

西班牙的母亲,西班牙的血液——

欧罗巴的骑士,历史的荣光!

太阳燃烧着我们的战旗:

它不能灭亡,它不许灭亡!

守我们的战旗在瓜达拉玛,

守我们的战旗在地中海上,

守我们的战旗在巴达约士:

一寸的西班牙百世的家乡!

满天吹着西班牙的风;

满地跳着西班牙的心脏;

昨天矿工们浪涌到京城,

今天农妇齐换上军装。

战斗! 战斗到最后一只手!

一万条喉咙是一条声响。

最后一只手也选择自由——

不要法西斯! 不要国王!

错了,西班牙! 英雄的祖国

---

① 弗朗科(Francisco Franco 1892—1975):通译佛朗哥,曾为长枪党首领。1931 年西班牙君主政体被推翻。1933 年保守势力控制共和国,他被重用。1935 年任西班牙陆军参谋长。在 1936 年选举中,西班牙共产党领导的左翼人民阵线获胜。佛朗哥要求政府宣布紧急状态,遭拒绝后被调驻加那利群岛。7 月 17 日军事叛乱在许多地区被镇压下去后,佛朗哥即从摩洛哥(当时为西班牙的属地)率军队回国,逐渐掌握法西斯派的领导权,并于当年 10 月成立以佛朗哥为元首的政府,推行法西斯统治。西班牙内战到 1939 年 3 月法西斯军队占领马德里告终。此后至 1975 年,一直由佛朗哥执政。1947 年起西班牙成为君主立宪制国家,佛朗哥为终身摄政者。

你不是为失败！看你的营房

工厂和田庄都为你作证；

全世界要拥护它希望的光芒；

拥护西班牙！西班牙内外的

凶犯,停止你们的妄想！

莫斯科,巴黎和伦敦的血肉！

他们要堆起马特里的城墙！

满天吹着西班牙的风；

满地都是西班牙的战场；

为西班牙我也有我的岗位；

我的笔,你请化作长枪！

如　果[*]

——寄前线

如果忽然你回来

如果真到这时候

十里以外迎接你

同你转来手拉手

当时送你这段路

两人默默只顾走

如今该有多少话

自从我们离别后

但是我为甚说这个

今天战争还没有完

遍地人民受折磨

你我何必独团圆

夜来尽可梦中逢

---

* 　此篇与《十字调》、《人》（即《人比月光更美丽》）以《诗三首》为总题发表于《解放
　日报》1946 年 9 月 7 日第 3 版。署名"北桥"。

白天你守好最前线

如果忽然想起我

给我多打颗手榴弹

十 字 调*

在这一个月的天空下边
世界是进行得多么混乱
壮丁的老母亲哭着碰壁
避暑者却开着军事会议
饿死者把自己排在路边
护送着汽车队飞向舞场

在这个广大的天空下边
生活的秩序是多么简单
没阴晴,没昼夜,一年四季
从海口你走到不毛之地
那一处人类在呼吸的地方
你找出它不是阶级的战场

---

* 此篇在《诗三首》总题下发表于《解放日报》1946 年 9 月 7 日第 3 版。署名"北桥"。篇末有注:"十字调的读法:三个字一顿,再三个字一顿,最后四个字一顿。其唱法则有种种。"

蚕*

蚕宝宝，为什么你吐丝不住？

可有谁告诉你它是宗财富？

可有谁告诉你它织出丝绸，

会给人穿一身漂亮的衣服？

你可曾料到你吐丝的最后，

就是把自己牢牢地束缚；

当你结成了洁白的蚕茧，

人们就用开水把你煎煮？

你可知有一种像你的青虫，

它只管吃菜，吃完了变蛹，

后来，奇怪，竟变成蝴蝶，

---

* 此篇与《怒吼的风》、《临别前的聚会》、《给叛徒》以《诗四首》为总题发表于《人民日报》1983年4月9日第8版。篇末注明这四首诗的写作时间为"1982年10月至1983年4月"，并有"附记"："近年写了几首新诗——按现代派的观点全算不上诗，至少算不上新诗——每行都是四拍或四顿（每拍两三个字，有时把"的"放在下一拍的起头，拿容易念上口做标准），觉得比较顺手。惟有这里的第三首每句五拍，算是例外。我并不反对其他的体裁，而且也想试试，如果能试成的话。"

逍遥自在，出没在花丛；
尽管这东西小时不吐丝，
大了不酿蜜，像辛勤的蜜蜂，
只凭它五颜六色的翅膀，
却赛似神仙，受尽了爱宠？

谢谢你。我吐丝只是要学习
那些从蚕种养大我的人，
那些拿桑叶喂饱我的人，
从早晨到夜晚，从夜晚到早晨，
伺候我像伺候自己的婴儿，
从没有说一句要我报恩。
为我的慈母，为我的良师，
我能不呕尽我短促的青春？

我只知懒惰的美就是丑，
劳动是我的必然和自由；
却从未料到人能用茧造
比蝶翅又牢又亮的丝绸。
人啊，你给我这魔幻的荣耀，
我还能对你有什么怨尤？
吐下去，我的丝！但愿它真能使
全人类的身心都披上锦绣！

怒 吼 的 风[*]

猛烈的风在狂吹着大地，
横扫它遇到的一切的东西。
人们躲避着，但是它追赶，
充满着令人战栗的怒气。

风啊，为什么你这样咆哮？
你并非总像今天的狂暴。
我们是田野的老相识，你记得，
就前天你还对我们微笑。

人啊，奇怪的难解的动物！
是你把荒原变成了沃土，
是你建成了一座座城市。
奇迹的创造者，我认你是真主！

但是你如今却多么卑微！

*   此篇在《诗四首》总题下发表于《人民日报》1983 年 4 月 9 日第 8 版。

你听任一些人,你的同类,
狂轰起大炮,乱扔下炸弹,
把你的创造无情地摧毁;

屠杀你自己的姐妹和兄弟,
尸骨堆成山,血液流满地……
你竟不制止住这伙生番,
反倒向强盗们求饶,哭泣!

你们的智慧到哪里去了?
你们的无畏到哪里去了?
你们的同情到哪里去了?
你们的羞愧到哪里去了?

我恨我不能使死者再生,
不能使废墟复成名城,
更不能找出那该死的凶犯,
叫他们受到十倍的严惩!

分不清你们谁凶恶谁善良,
我痛苦万分,愤恨得发狂。
我唯有怒吼,催你们奋起,
扑灭这世上人面的豺狼!

临别前的聚会*

是你在我们心中种下了鲜花，
鼓动着我们走向生活的朝霞。
是你在我们心中燃起了火焰，
带领着我们举起不灭的火把。

祖国四方八面地向我们招手，
叫我们驾驶航船，奔向急流。
我们要离别，但没有别恨离愁，
只有灿烂的远景照耀着心头。

我们约许着二十年后的今天，
重来这难忘的生命的花园团圆。
那时的湖山许还是今天的模样，
但未来的城乡谁知有多大的变迁！

祖国的艘艘航船都在飞跑，

我们那时能否团聚像今宵？
请相信,哪怕分散到地北天南,
我们也一定重逢在共同的目标!

让我们歌唱,歌唱我们的青春;
歌唱我们对同一个目标的忠贞!
歌唱这惟一的目标——祖国的兴起,
兴起啊兴起,像天边的红日一轮!

给　叛　徒*

你投奔了"自由"。你马上拜叩
飞来的干爸：功成名就！
金圆既还能把人收购，
怎会没卑鄙的灵魂去出售？
且莫嫌这噪声不能持久，
在墙角的蛛网总算阵风流。
从此你可以自由地诅咒
生你养你的祖国的所有。
祖国屹立着，没一点蒙羞，
它只是减少了一颗毒瘤。
完成了杰作，人变形为狗，
你终于享受了狗类的自由。
哪里是家山，你何颜回首？
哪里是心肝，好一股恶臭！

*　此篇在《诗四首》总题下发表于《人民日报》1983年4月9日第8版。

悲和乐的争讼*

悲观者：珍惜快乐吧，不幸的尘世的珍珠！

快乐多短暂；悲哀多难以驱除。

快乐不传染，还引起嫉妒和痛苦；

乐极也生悲；悲哀却风行无阻。

快乐太娇贵，贵得会叫人恐怖；

悲哀只需要损失，也不给弥补。

快乐得追求；悲哀自动来陪住。

快乐的回忆，何曾让快乐复苏？

巨大的悲剧，经常流传千古。

可怜的快乐！它只有向悲哀认输。

乐观者：哲学家，我真佩服你生花舌妙，

听完你说法，顽石也会衰老。

快乐不都像你说的易涨易消；

那不能平静的，怎会长久和坚牢？

强烈的悲哀把各种同情燃烧，

---

* 此篇作于 1984 年 9 月至 12 月。发表于《诗刊》1985 年 3 月号。

可也没有人成年成月地嚎啕。
喜剧和悲剧都是智慧的创造，
人们一概地欣赏，喜闻而乐道。
恶社会使人民长期在苦海煎熬，
就这样，善良的心灵也还有欢笑。

旁听者甲：我愿意保持中立。只有个小问题：
悲哀的力量真这样沉重无比？
那人类岂不早就该被压成泥，
要天外的专家才能来搜求遗迹？
那还有什么历史、文化和书籍，
还有什么蒸汽机、电算机、航天器？
再说，人类如果在某个时期
都痛绝而弃世，又靠啥功能特异，
意念转移，变出来新的种系，
在这里大讲悲观和乐观的哲理？

旁听者乙：我不悲观，也不愿把它挖苦到极端。
乐观就整天笑，不许有一声悲叹？
人生多复杂，哪能这样的简单！
且不说洪涝干旱，火山冰川，
造成这些灾害的是无知的自然。
好社会就事事顺心，人人向善？
千万人多年的建设，绝代的女和男，
恶一来就毁于一旦！我仍然乐观，
相信人类的进步不会中断；

只不信快乐能把世界都塞满。

裁判员：高明的各位，谢谢大家的信任。

快乐和乐同在；但不好一视同仁。

悲哀是强加的，人不能靠它生存。

快乐是需要，创造它是做人的根本。

让人人都幸福，智慧，自爱而爱人，

让大地也千红万紫，处处清芬！

总有恶，有不幸，有悲哀；切莫消沉！

不斗争就是死，要永远抖擞起精神。

在狂风暴雨中锻炼得钢铁般坚韧，

人类才能创造快乐的千春。①

----

① 作者原注："千春"是袭用闻一多先生《你指着太阳起誓》诗中的一个词。我说不
准闻先生是从中国的成语"千秋"，《庄子·逍遥游》中的"五千年为春"，《新
约·启示录》中的"千年王国"，或其他来源化用的。

无　题*

谁让你逃出剑匣，谁让你
割伤我的好友的手指？
血从他手上流出，也从
我的心头流出，就在同时。

请原谅！可锋利不是过失。
伤口会愈合，友情会保持。
雨后的阳光将照见大地
更美了：拥抱着一对战士。

---

* 此篇作于 1984 年 1 月 26 日。据手稿刊印。1983 年 3 月，周扬发表《关于马克思主义的几个理论问题的探讨》。胡乔木按照党中央精神曾坦诚予以批评。1984年 1 月 3 日，胡乔木在中共中央党校发表《关于人道主义和异化问题》的讲话。这篇讲话决定在 1 月 27 日的《人民日报》上公开发表。1 月 26 日，胡乔木致信周扬，奉上此诗，表达他期望周扬给予理解并保持战友情谊的恳切心情。信谓："近日写了一首小诗，谨以奉呈。祝春节好。灵扬同志并此问候。"剑自动出匣的故事，在《聊斋志异·聂小倩》有记："晚近一更许，窗外隐隐有人影（实乃妖也），近窗来窥，目光闪亮。忽有物裂篋而出，耀若匹练，触折窗上石棂，歘然一射，即遽敛入，宛如电灭。飞进飞出者，荧荧然一小剑也。嗅之，尚存妖气。"

我要到远方去 *

我要到远方去，
到不知道的远方去。

亲爱的故乡！
亲爱的父母！
请不要责怪我无情。
我不是不爱你们，
但是我一时一刻
也不能忘记远方和远方的人们。

我要到远方去，
我要去认识远方的同胞，
远方的兄弟和姐妹。

---

* 此篇作于 1984 年。据作者亲笔修改过的手抄稿刊印。此篇同《红帽》、《松林》、
《虹的传说》抄录在一起，篇末作者写有"附记"："这里的前两首诗（按：指《红
帽》、《松林》）都是每行三顿的格律诗。第一首说的是实事，诗很短，但酝酿和写
定的时间很长，所以诗末注了那样的年份。后两首（按：指《虹的传说》和《我要
到远方去》）是自由诗的习作，酝酿的时间也在一年以上了，但是现在还不敢说
已经定稿。"

我要学习他们说的话，
学习他们生活和劳动的方法。
我要同他们一道劳动和休息，
互相讲着彼此不知道的故事，
唱着彼此原来听不懂的歌。

我要到远方去，
同远方的兄弟姐妹一道，
造起新的道路和桥梁，
新的房屋，新的工厂，学校和医院，
把那里变得同祖国别的美丽的地方一样。
我要同他们一道劳动和战斗
（如果有敌人来侵犯我们，）
需要多久就多久。

亲爱的故乡！
亲爱的父母！
原谅我吧，我永不会忘恩负义，
我永远记得和想念着你们。
但是我要到远方去，
因为远方的同胞召唤着我，
使我在夜里的睡梦也不能安宁。
我若再不去做他们要我做的事，
我的心就要憔悴死了。

不要为我难受，

不要用眼泪为我饯别。

我要给你们写很多很有趣的信，

并且只要能够，我还会回到你们的身旁。

但是请不要用无论什么绳子牵系着我，

因为如果需要，

作为你们的忠实儿女，

我将在那里劳动到生命的最后。

中国在燃烧[*]

——献给第 35 个 10 月 1 日

看啊，中国在燃烧！
熊熊的热焰直上云霄。
但又不见火，没一点烧焦，
只见人们在欢呼舞蹈。
　　这是怎样的燃烧？

看啊，中国在燃烧！
凭着这股神奇的火焰，
大地的生灵都回转春天，
奇迹在人间接连地涌现。
　　从没见过的燃烧！

看啊，中国在燃烧！
火势使到处热气腾腾，
没有人甘心再苟且偷生，

---

* 此篇作于 1984 年 9 月 1 日。据作者亲笔修改过的手抄稿刊印。

竞赛场只看谁捷足先登。
　　到底是什么在燃烧?

　　看啊,中国在燃烧!
战士们流血汗把河山修改,
矿工们穿水陆让地火登台,
水手们破风浪远航海外……
　　是生命,在中国燃烧!

　　看啊,中国在燃烧!
红领巾就学着为人民服务,
青壮年把自己锻炼成擎天柱,
爸爸和奶奶也操心给引路。
　　谁能说,多少人在燃烧?

　　看啊,中国在燃烧!
这个古老的苦难的国家,
强盗们曾多久把它糟踏!
直到要灭尽它盖世的光华!
　　它怎不愤怒得燃烧!

　　看啊,中国在燃烧!
深深的血泊里它奋然站起,
不自由,无宁死! 倒一批,接一批……
才换来今天自由的呼吸!
　　它能不更旺地燃烧?

看啊，中国在燃烧！
醒来的祖国多么自豪！
城市和乡村每天在长高，
未来在张贴耀眼的海报。

我愿能永为它燃烧！

河　水[*]

谢谢你日夜不息的蜿蜒的小河，
送给我一桶盈盈的流水。

你是透明的，又有多变的色彩。
你有天的蓝，草的绿，
山和树的青，
山和树的黄，
山和树的褐，
天的洁白、火红、暗灰和浓黑。

高压的急雨曾把你吞没。
好像你已消失了过去、现在和未来，
人们只看见电火的愤怒和山洪的疯狂。
但是庇护着你的太阳，
终于恢复了天的明艳和你的明艳。
你没有被吞食，

---

* 此篇作于 1985 年。据手稿刊印。

却更显得丰润了。

你又有了飞鸟的飘忽的曲线和直线，

和时快时慢的航船所画下的图案。

落叶、禾秆和大小什物顺流而下，

而岸边和河弯的开黄花的浮萍，

开蓝花的水浮莲，偶然还有菖蒲、芦笋和大片的芦苇，

它们能守着自己的根据地很快地长满一大片，

却看着那些流动着的浮浪汉瞪眼。

鱼和水禽才真正是你的骄子，

它们自由地或浮或沉地游泳着，

使羡慕它们的水藻只能痴心地挥动自己的长而多的手臂。

你是大群的微细的生物和无生物的竞技场；

你在自己最平静的时候，

也是不可见的声波、热波、光波、电波的

畅通无阻的高速和超高速的立体交叉跑道。

而在你的底部，

那在长久以前的枯水年代担任过桥梁的踏脚石

还在使劲地探出头来

想见见如今的公园般热闹的水面。

冬天来了，无数的雪片悄悄地忘我地消融在你的温情中，

但是寒冰却威严地阻断了你和外界的交往，

虽然它不知道在它的封锁下

你仍然照常地进行着自己的自由的流动，

直到春天的太阳

又把这可笑的骄傲的阻碍物

驱散得无影无踪。

无数的色、形、光、影和波
（这里还没有加上人所加上的一切）
在你的拥抱中难解地溶成一体。
你仍然安详地保持着透明，
像繁华场中的处女保持着童贞，
你神奇的盈盈的水啊！

你有涟漪的微语声和大浪的撞击声，
在解冻的春天你有冰面的碎裂声，
自然界还在你的外表和内部
鸣奏着种种乐音和噪音。
同它们在一起，还混合着
在岸边追逐玩耍和打水漂的小孩的笑声，
在码头上提水、淘米、洗衣服和扛运货物的劳动声，
散步者、赶路者和拉纤者的脚步声，
老人在漠然凝视后的叹息声，
不同腔调的男人的打骂声，
不同年龄的妇女的哭泣声和投水声……
你由于这些声音的没完没了的循环几乎麻木了。
突然，一阵阵新奇的枪炮声和喊杀声使你昏迷过去，
又在一阵阵胜利者的号声、歌唱声和欢呼声中苏醒过来。
过得不久，你听见了以前没有听见过的
疏浚河道，修建河岸、道路、桥梁和房屋的嘈杂声，
车轮声、车喇叭声和吆喝声，

大型的货船、汽船和一些机帆船的行驶声，
从春天到秋天的男女老少的游泳声，
吊嗓子的男女高中低音和吹奏乐的金属的鸣声，
学生们的背诵声和默读声，
假日傍晚不害臊的情人的接吻声。
不时地也有重新出现的叹息声和哭泣声，
它们可是往昔的历史回声？

夜幕由东向西地笼罩了过来，
自然界的色彩和人们的喧声
都在你的记忆中陆续地沉没了。
但是它们不甘心于沉没，
又变成你的梦漂浮在淡淡的夜雾里。
你还来不及表示同意不同意，
星星月亮就从老远的地方
不声不响地飞入你的怀抱。
你在朦胧中变得更加美丽了，
你神奇的盈盈的水啊！

你不知道你的梦
是要离开你飞散到空中，
还是到时候仍然潜回你心里？
也不知道星星月亮
是为了寻求你深藏的爱，
还是在你里面寻求第二个自己？
而当黎明从东向西慢步行进，

你的梦和星星月亮的相思还没有飘逝，
我就来到你的身边汲取这最先的一桶。
谢谢你，蜿蜒小河的盈盈的流水！
同你一样，我也不知道自己
是像你的梦和星星月亮那样地追求着什么，
还只是要把你送给同样爱你的人分享？

祝中华全国律师协会成立①

你戴着荆棘的花冠来了，
你握着正义的利剑来了。
黄金买不了你黄金的心，
你坚信在法律面前人人平等，
只有客观事实才是最后权威。

———————

① 此篇作于 1986 年 6 月。据手稿刊印。诗题为编者所拟。

安吴青训班班歌 *

烈火似的冤仇积在我们胸口，

同胞们的血泪在交流，

英雄的儿女在怒吼，

兄弟们，姐妹们，

你听见没有，

敌人迫害你，

群众期待你，

祖国号召你，

战争需要你，

你醒，

你起！

拿起你的武器。

学习，工作，

工作，学习，

一切为胜利。

今天我们在青年的故乡，

* 此篇 1939 年春作于延安。由冼星海谱曲。

明天我们在解放的疆场。

你看!

我们旗帜风扬。

你看!

我们前途万里长。

青 年 颂*

人们唱历史上的英雄豪杰，
我们唱自己一代青年。
谁能比我们的快乐洋洋，
雨后的繁花笑满了青山，
谁能比我们大无畏的勇敢。
长江水流西天飞跑到东天，
要呼吸我们就自由地呼吸，
谁愿为做奴隶来到人间。
荒凉的沙漠和寂寞的冰山，
我们要燃起熊熊的烈焰，
我们要围着它挽手跳舞，
直到它烧尽人间的锁链！
我们是生来就要做黑暗的反叛，
生命好但是光明更好，
地狱的欢欣也混合着凄酸。
在昆仑山最高的峰顶，

---

* 此篇 1939 年秋作于延安。由李焕之谱曲。

打着火把指点着东南，
这就是祖国啊梦中的祖国，
被损害的人民被污辱的江山。
没工夫流泪，
我们要宣誓，
凭着你头上的蔚蓝天，
为你生就决心为你死，
死在你的怀中我们也甘愿。

人们唱历史上的英雄豪杰，
我们唱自己这一代青年。
提起枪我们跨上快马，
迎着暴风雨急奔前线。
我们的呐喊震撼山谷，
我们战斗着不知道疲倦，
我们的力量翻转地球，
把今天的世界变作明天！

延安泽东青年干部学校校歌[*]

生在英雄的时代，

长在人民的旗下，

毛泽东的双手，

抚育我们长大。

坚定意志，

艰苦传统，

革命精神，

民主作风。

我们学习虚怀若谷，

我们奋斗浩气如虹。

记住仇敌未平，

破碎河山未整；

同胞正在呻吟，

天下尚待澄清。

太阳照临我们的肝胆，

---

* 此篇作于 1940 年夏。由冼星海谱曲。

大地倾听我们的誓言。

愿将热血灌溉人间，

结成自由春花一片。

青 春 曲*

可爱的青春发着亮光，
我们的生命像大船在海上前航。
英明的舵师给我们掌舵，
指挥着我们去冲破险恶的风波，
咳！咳！
让暴风更激烈吧，
浪涌得更高，
战斗的青春才更可骄傲！

可爱的青春发着亮光，
我们的生命像大船在海上前航。
勇猛的先驱已开辟了道路，
呼唤着我们去迎接彼岸的幸福，
咳！咳！
旧世界快过去，
新社会快来，
战斗的青春热血澎湃！

---

* 　此篇 1940 年作于延安。由李焕之谱曲。

少年先锋之歌[*]

我们是少年，
我们是少年，
祖国的未来担负在我们的双肩，
革命的理想等待着我们去实现。

要消灭压迫，消灭剥削，
到处点燃真理的火焰，
要消灭贫穷，消灭落后，
到处建设起幸福的花园。
学习学习，好好学习！
早晨的太阳多么鲜艳。

我们是先锋，
我们是先锋，
先烈的榜样是我们指路的明灯，
人民的呼唤是我们前进的号声。

---

* 此篇发表于《北京音乐报》1983 年"歌曲专页"。由张文刚谱曲。

要掌握文化,掌握科学,
准备投入历史的长征,
要锻炼身体,锻炼意志,
准备筑起时代的长城。
向上向上,天天向上!
勇敢的小鹰高高飞腾。

扬州中学校歌*

扬州中学，

你扬州的骄傲，

你中学的明珠，

在你的怀抱中生长，

怎能把你辜负。

啊！

为河山要画出新图，

但一切我们还生疏。

啊！

学习，学习，再学习！

进步，进步，再进步！

愿你放射的光辉永远照耀人间。

扬州中学，

我亲爱的母校，

我生命的摇篮，

---

* 此篇作于1992年7月。由傅庚辰谱曲。

六年似水的光阴，
多么值得眷恋。
愿你美妙的青春，
永远驻守校园；
愿你放射的光辉，
永远照耀人间。

补　编

第　二　辑

西蒙士诗抄[*]

THE SICK HEART

凄凄我忧心,何时得休息?

孰有药与石,止汝胸头泣?

乐事天下繁,于汝独不及?

我心对我言:"我疾殊奇绝:

"摧汝颊上红,去汝血中热。

"我自得安宁,寿考以明哲!"

SECOND THOUGHT

昔汝守我侧,我思一何愚!

---

* 此篇完成于 1934 年 5 月 7 日。发表于 1934 年 10 月 6 日《国立浙江大学校刊》第
173 期,署名英国 A·Symons 原著,胡鼎新译。篇末有"译后附志":"右译现代英
国名诗人及批评家 Arthur Symons 小诗凡五章,于'信''达''雅'三者皆有未尽,
而第二首尤与原意不免违失。《渔媚》一篇,意境高远,最为译者所爱;云'所期'
者,盖象征人生某种失而不可复得之憧憬也。"西蒙士(Authur Symons 1865—
1945):英国诗人、评论家,法国象征派文学的支持者。五首小诗的标题,编者按
译者对第三首译为《渔媚》的格调顺次试译为《忧心》、《思念》、《秋暮》、《情梦》。

我怀实眷眷，我情定徐徐，
今汝不可见，乃知爱未渝。

昔汝守我侧，我欢诚有余，
谓汝太眷眷，极亲令我疏！
今汝不可见，永日谁为娱？

昔汝守我侧，两心不相输，
汝我故眷眷，何以长踌躇？
今汝不可见，安得岁月居！

THE FISHER'S WIDOW

寒空压沧海，渔艇去还回；
风急浪衔雨，白鸥声正悲。

伊人何所望？风雨空相催；
年衰生意尽，水陆复奚为！

迢遥见天末，浪里破帆飞；
千帆万帆过，所期终不归。

AUTUMN TWILIGHT：GREY AND GOLD

冉冉九月暮色长，淡入野雾同苍茫；
独有疏星振微光，相惊欲去还彷徨。

黄昏越谷还翻山，须臾蜿蜒天地间；
天边列树暗漫漫，仿佛幽海月阑珊。

雾中小径添凄楚，剩得残辉尚延伫；
径上更有多情侣，亦自留连未忍去。

LOVE IN DREAMS

我宿草床上，
独伴雨潺湲。
滴滴滴我顶楼顶：
衾寒思苦不能眠。

我宿草床上，
我心转喜欢；
我方耿耿怨长夜，
忽听娇呼堕枕边。

我宿草床上，
仰见秋波燃，
载笑载语入我梦，——
梦乡无复泪涟涟。

七　律

无　题[*]

男儿未老肯先休？身世于今欲病囚。

风疾归蓬怜日晏，鸟飞遗石羡云游。

寻仙空醒枕中梦，剖腹还招心上秋。

闻说天涯光景好，沧溟不见怕乘舟！

---

* 　此篇发表于 1934 年 10 月 6 日《国立浙江大学校刊》第 177 期。署名胡鼎新。

歌　行

甲戌中秋作[*]

今宵星光微，定知月色奇，推门东向望，流电沾我衣。揽衣月上手，濯手月满溪；更见溪底月，媚风成绽游。危柳逗宿鱼，崔苻冒衰堤。空水两相眄，叶叶摇清辉；感物重俯仰，六境忽若离。丁我童稚日，剃发拟沙弥。对月不敢指，合掌向阿姨："常说个中树，那有登天梯？"阿姨但莞尔，教我堂堂词①。……我欲歌堂堂，扪首年岁移；我欲问长梯，衢途令我迷；我欲恣梦想，顾闻泣声悲——慈母怀故雏，贫夫恸新妻；潦旱亦已烈，未如将军威；将军威且驯，黐亲亲四夷。北国山河黯，南中猿鹤希！故留老皮骨，吞泪谢王师？宁限谢王师，谢此圣平时。千金买竹肉，行乐何熙熙！"胜泉信难觏，底用常苦凄？为我饮一杯，强颜止尔啼；为我饮二杯，慎婴贤士嗤？为我饮三杯，拜月还自祈：福哉伐桂人，愿得长追随！溶溶走八野，永从生死辞；不然下尘寰，与我分百雁，会怜我心哀，无复耀寒扉！"

---

* 此篇发表于 1934 年 10 月 6 日《国立浙江大学校刊》第 184 期。署名胡鼎新。甲戌，公元 1934 年。

① 作者自注："亮月子，正堂堂"，故乡儿歌起句。

梅 花 引

欣闻印度尼西亚退出联合国[*]

　　夸强大,称王霸,可知今日谁天下?血腥旗,臭污泥,豺狼当道蒙着破羊皮。滔天罪恶何胜计,忘尽人间羞耻事。早穷途,笑狂奴,犹抱残冰当作护身符。　　　一叶落,惊萧索。天马行空竟寥廓。酌琼浆,舞霞裳,东风如意何用旧皮囊?春光先照英雄汉,捷报纷驰花烂漫。挽长弓,谢苍龙,倒海排山指日看雌雄。

---

*　此篇在《诗词二十六首》总题下发表于《红旗》杂志 1965 年第 11 期。

七　律

西藏自治区成立[*]

百万农奴站起来，
千斤枷锁化尘埃。
弥陀空许西天愿，
大道今从东土开。
此日金珠歌陇亩，①
他年雪岭起楼台。
人民城郭朝朝异，
立马高原骋壮怀。

---

* 此篇在《诗词二十六首》总题下发表于《红旗》杂志 1965 年第 11 期。
① 作者原注：金珠，藏语"解放"。

定　风　波（四首）

读　报*

翘首南天起飓风，湄公河上舞蛟龙。早庆红旗千百里，今喜，重兵西贡也惊弓。　　一水盈盈争隔断，千万，同胞相望不相逢？特种战争凭你打，谁怕？须知特种属英雄。

危幕纷纷闹主奴，张三李四隔朝殊。尽换焦头尊上将，装象：待挥铁帚扫群蛆。　　咫尺边和魂未定，又听，七层大厦骨同枯。纵有奴才夸纸虎，何补？争看核齿陷泥涂。

印度支那烈火烧，非洲今又吼声高。大陆谁言长黑暗？君看，风流当代尽同袍。　　蔽日浮云欺白昼，难久，海驰风骤卷狂潮。血浸平芜腾地起，千里，入围狼虎岂能逃？

狐鼠还同狼虎忧，鸦鸣鹊噪总无休。已见六洲同发指，堪耻，橄枝偏献白宫楼。　　螳臂夸教车不动，说梦，巨轮滚滚水长流。动地干戈争解放，齐上，定看红日耀全球。

---

* 此篇据铅印稿刊印。

生　查　子（二首）

家　书[*]

其　五

　　大江日夜潮，消长成青史。西日自沉山，东日从头起。　　壮岁爱流光，猛志常千里。千里接苍茫，喜看新驹继。

其　六

　　谁求不死桃？共笑忧天杞。树树有新苗，进进无穷已。　　初犊胆无惊，雏凤声多味。努力事三秋，更见春光媚。

＊　此篇据铅印稿刊印。同题前四首在《诗词二十六首》总题下发表于《红旗》杂志1965 年第 11 期。

五 言 排 律

赠 王 蒙*

故国八千里，

风云三十年。

庆君自由日

逢此艳阳天。

走笔生奇气，

循流得古源。

甘辛飞七彩，

歌哭跳繁弦。

往事垂殷鉴，

劳人待醴泉。

大观园更大，

试为写新篇。

---

* 此篇据手抄稿刊印。1981 年 5—6 月，作者在做胆囊手术住院期间，读了王蒙的短篇小说集《冬雨》和收在《王蒙小说创新资料》中的作品，很高兴。于 6 月 8 日"乘兴写了一首小诗"，"赠王蒙同志"。当天即写信寄给他。

五　古

赠　光　远[*]

吾慕于光远
在处席不暖
夕照大江红
晨兴永日短
试笔千言来
登坛万人满
尽瘁惟国家
玄思竭晦显
人言或喷喷
我道自坦坦
同心戒伐异
知音谢相勉
反躬多失驷
补过愿沥胆
屈指五十载
填胸存没感

---

[*]　此篇据手稿复印件刊印。

耳目苦昏瞆

手足惊疲软

安得剪春韭

留此岁月晚

　　一九八四年十二月十七日于广州

附　　录

一、关于《人比月光更美丽》

初 版 后 记

　　过去若干年内写过一些新诗和旧体诗词。这些东西艺术水平都不高，只是由于人民文学出版社同志（最早的是韦君宜同志）多年来屡次要求结集出版，我也就同意了，并且趁此作了一些删改。

　　我学写新诗的时间虽已不短，但成绩欠佳。有些旧作自觉过于肤浅，另有一些一时难于寻觅，因而集中第一首便是一九四六年在延安《解放日报》副刊上发表的一首诗的后半截，而且用了这半截的末一句作书名。后来再写，却已是一九八一年到一九八五年了。这中间某几首曾先后受到卞之琳、艾青、萧三、曹辛之（杭约赫）、冯至等老诗人和几位评论家、选家、译家、作曲家以及一部分读者的注意（这里需要提一下北京朝阳区工读学校和上海黄浦区第二工读学校的师生，他们对《金子》一诗反应强烈），使我很是感谢。在形式上，集中除一首自由体和一首十四行体以外，其余都试图运用和提倡一种简易的新格律，其要点是以汉语口语的每两三个字自然地形成一顿，以若干顿为一行，每节按各行顿数的同异形成不同的节奏，加上适当的韵式,形成全诗的格律。这种努力由来已久,我的试验也只是对前人的探索稍有损益,希望便于运用而已。异曲同工的作者也不少,总还不成气候。当今的诗坛出现了某些迥然不同的主导的诗风(不幸这里有时夹杂着脱离读者,甚至玷污诗歌本身的东西),而我仍然抱残守缺,不能邯郸学步。我认为,诗的这样那样的形式毕竟是次要的。冯至同志最近来信说:"我认为,新诗不仅要建立新的美学,还要有助于新的伦理学的形成。"这当然也是我的格言。聊足自慰的是,无论写得成功与否(其中我自己也看出有一些落套的或过事雕饰的东西,和一些明显的败笔),动笔时确是出于一种不能自已的公民激情,愈不"入时"也愈觉自珍。这也是我终于同意出版的原因。最近两年多忽然沉默了,不过我还不甘心就拿这一点微不足道的东西向诗坛告别。

　　试写旧体诗词,坦白地说,是由于一时的风尚。我自知在这方面的才能比写新诗的更差。一九六四年十月至六五年六月间写的一组词(《词十六首》)和一组诗词(《诗词二十六首》,今删去其中二首),都是在毛泽东同志的鼓励和支持下写出来,经过他再三悉心修改以后发表的。我对毛泽东同志的感激,难以言表。经他改过的句子和单词,确实像铁被点化成了金,但是整篇仍然显出自己在诗艺上的幼稚(毛泽东同志曾指出《诗词二十六首》比《词十六首》"略有逊色",这是很对的,所恨的是后来也没有什么长进)。只是因为带着鲜明的政治印记,当时曾先后受到郭沫若、陈毅等前辈的奖誉,还承周振甫先生两番诠释,王季思教授对《词十六首》作了讲评。谨在此一并志谢。

　　毛泽东同志对我的习作终日把玩推敲,当时因京杭遥隔,我并不知道也没有想象到他会如此偏爱。不料在一九六六年七月底中央文革小组一次会议上,这竟成为我的重要罪状之一。江青说:"你的诗词主席费的心血太多,简直是主席的再创作。以后不许再送诗词给主席,干扰他的工作。"这一则荒唐时代的小史料,不可不记下以昭示后人。

在这以后,我只写过两次七律。《怀念》曾经多位友好指点。《有所思》曾经钱钟书同志厘正,但他不能对后来的定稿负责,我自己也不能满意。迫于时间,只好将就发表。再作修改,请俟异日。

下面把毛泽东同志所作的修改在这里依次对照说明一下,算是纪念性的附注,读者是可以不看的。为免混淆,一般都在谓语前面加"经"字。其中也注明了先经郭沫若、赵朴初两同志对《词十六首》修改过的部分;郭沫若同志对《诗词二十六首》也曾仔细修改,惜修改稿再三寻觅无着,所以这里无法征引。

《六州歌头》:副题原作"一九六四年国庆",经删去"一九六四年"。"回首几千冬","回首"原作"沉睡",经郭指出:"中国社会的发展,并不是几千年间都是在'沉睡'中过来的。""挺神功"一句原缺,经郭指出漏一三字句,补上。"画图宏","画"原作"彩";"旭日方东","旭"原作"如",均依郭改。

《水调歌头》:末两句原作"万里千斤担,不用一愁眉",经改为"万里风云会,只用一戎衣"。

《贺新郎》:"镜里芳春男共女","共"原作"和",依郭改。

《沁园春》:"桂国飘香","飘"原作"飞",依郭改;"长埋碧血","碧"原作"泪";"初试锋芒","初"原作"小";"西子羞污半面妆","羞"原作"犹",经改;"有射潮人健",原稿缺首字,依郭补;末三句原作"天与我,吼风奇剑,扫汝生光",郭指出"吼"前缺字,"扫汝生光"一句两读,太生硬,经改为,"谁共我,舞倚天长剑,扫此荒唐!"

《菩萨蛮》五首:副题原作"中国原子弹爆炸",经改为"一九六四年十月十六日原子弹爆炸";"英雄毕竟能偷火","清浊分千里",原作"英雄不信能偷火","清浊何时已",各依赵、郭改。

其二:"情景异今宵,天风挟海潮",原作"风景异今宵,长歌意气豪",经改。

其三:"英雄不识艰难字",前四字原作"此生不晓";"佳气盈天地",原作"天地盈佳气",均经改。"前峰喜更高","峰"原作"山",依赵改。

其五:"长缨人卅亿","卅"原作"廿";"魔倒凯歌高,长天风也号",原作"魔尽凯歌休,濯缨万里流",均经改。

《水龙吟七首》:"星星火种东传,燎原此日光霄壤",原作"当年火种东传,何期此日光霄壤",经改;"几度星霜","星"原作"冰",依郭改;"喜当年赤县,同袍成阵",原作"喜绿阴千里,从前赤地";"生机旺","旺"原作"壮";"北辰俯仰","俯"原作"同",均经改。

其二:"八方风雨","风"原作"晴";"要同舟击楫","要"原作"但",均经改。

其三:"目醉琼楼,神驰玉宇",原作"目醉千珠,魂惊九死",经改。"良苗望溉","溉"原作"饮",依赵改。

其四:"忽火飞梁坠","坠"原作"堕";"万年粪秽","万"原作"百",均经改。

其五:"相煎如𢈔","𢈔"原作"釜";"膏肓病重,新汤旧药,怎堪多煮?"原作"新汤旧药,无多滋味,怎堪久煮",均经改。

其六:"万旗云涌"原作"万方旗涌",经改。

其七:"膏牙爪","膏"原作"诛";"动河山"原作"动山河";"妖氛初扫","初"原作"直";"乘摇空雪浪,漫天雹雨",原作"乘摇空浪猛,前冲后涌",均经改。

《六州歌头(一九六五年新年)》其二:"方针讲",原作"南针仰";"兔死狐伤","伤"原作"藏";"万国换新装",原作"万国舞霓裳",均经改。

《梅花引(夺印)》:"不插红旗定是不回还","插"原作"竖",经改。

《江城子》:"为保金瓯颠不破,鞋踏烂",原作"为保金瓯风景美,鞋踏破",经改。

其二:"练兵塞上好风光","好"原作"美";"猎猎军旗天际看飞扬",原作"猎猎军旗意气共飞扬";"多少英姿年少事戎行","事"原作"尽";"胜家乡"原作"胜天堂",以上几处均经改。对此处的"天堂"和《六州歌头》的"霓裳",经加注:"要造新词,天堂、霓裳之类,不可常用。"

《念奴娇(重读雷锋日记)》其四:"细观摩满纸云蒸霞蔚",后四字原作"珠光宝气";"时代洪流翻巨浪","翻"原作"腾",均经改。

《采桑子(反"愁")》其二:"怎见人间足壮观","足"原作"多",经改。

《生查子(家书)》其二:"毒菌争传种","争"原作"纷";"百炼化为钢,只有投群众",原作"铁要炼成钢,烈火投群众",均经改。

其三:"如此嫩和娇,何足名花数",原作"不耐雨和风,纵美何堪数",经改。

其四:"常与波涛伍","常"原作"敢",经改。

《七律(七一抒情)》:"旌旗猎猎春风暖","暖"原作"盛"。

其二:"滚滚江流万里长",原作"滚滚长江万里长",经改。

其三:"勇士乘风薄太空","风"原作"槎"。

其四:"六洲环顾满疮痍","满"原作"尚";"休向英雄夸核弹","英雄"原作"健儿";"欣荣试看比基尼",原作"欣欣犹是比基尼",均经改。

毛泽东同志还有许多重要的批语,词长不录。

胡乔木

记于一九八七年七月十六日

改于八月三十日

再 版 后 记 *

　　收入《人比月光更美丽》诗集第一辑最后一首《桃花》是一九八五年初写成的,以后我没有能写出多少新作,但在出版社的同志们的热心支持下还是再版了这本集子。这次再版除收进三首新诗和补齐一首旧作以外,我对诗集本身和出版后的一些情况,也觉得有需要作一些说明。

　　第一首《人比月光更美丽》在初版时只收入了全诗的后半部分,这次再版将前半部分也收进来了,仍标原来的题目。在第一辑末添进了一九八九年十月写的《天安门》。

　　第二辑添进了两首和改动了两处。添进的两首是一九八九年初所写《乐山大佛歌》和最近在病榻上写的《赠谷羽》。两处改动是将《有所思》题改为《有思》,这是酌采了钱钟书同志对原题《所思》易为《有思》或《有所思》的意见;另一处是将《怀念》一首中的"文武一身怀万国,股肱长恨死群奸",改回初稿时的"文武一身能有几,股肱到老古来难。"此外一如其旧。

　　这次再版增添了附录。《附录一》是毛泽东同志修改《词十六

---

* 　《人比月光更美丽》再版编者原注:秘书根据乔木同志的意见编辑的增补新诗、附录和代拟的《再版后记》已经本人看过,但因病重未能亲自修改定稿。所添内容和《再版后记》最后请钱钟书同志审定把关。

首》引言时写给《人民文学》和《人民日报》的信。《附录二》是毛泽东同志审改《沁园春·杭州感事》词时写的旁注。《附录三》是毛泽东同志发表《诗词二十六首》写的信。《附录四》是毛泽东同志审改《六州歌头》词时写的旁注。这些材料都是根据中央档案馆提供的原件复制件排印的,现在公布这几段文字,完全是为了纪念和缅怀毛泽东同志在我学习写作诗词过程中给予的热情指导、鼓励和爱护,以及我衷心铭记的感谢之情。

罗念生同志是大众知道的一位翻译古希腊悲剧的名家(在他晚年还计划全部译注《荷马史诗》,还未完成此项工程他就离开了我们),很少人知道他还是一位早年颇有成就的诗人,曾努力研求过新诗的形式问题。在我赠送他《人比月光更美丽》以后,他很快来信谈了他的看法和附送《格律诗谈》一文。我认为他那信里的话不完全是客套,而多少表明我在写作新诗时的某些尝试和他的趣向是不谋而合的。我附录了他的信,聊以寄托我对这位老诗人和老同志的怀念。

钱钟书同志是我亲敬的学长和朋友。我们之间有关诗的通信是不少的,这里仅附录有代表意义的两件。一件是他收到《人比月光更美丽》的诗集后写来的信,从这封信里可以看出他对这本集子看得是很仔细的,指出了哪几首和哪几首中的哪几段写得较好。另一件是他最近对《赠谷羽》一诗的修改,看了他几乎是对每句都有仔细修改的旁注,我是很感动的,所以照原来格式原原本本的附录排印了。

胡乔木
一九九二年九月二十五日

胡乔木同志去世后,根据家属的意见,将作者一九三九年写的

《安吴青训班班歌》、《青年颂》，一九四〇年写的《延安泽东青年干部学校校歌》、《青春曲》，和他今年病重期间写的《扬州中学校歌》五首歌词，也收入再版的诗集。但不按时间先后排列，放在第一辑最后，以区别作者生前确定的再版所要增加的篇目。

编者注

一九九二年十月十日

罗念生致胡乔木

（一九八八年）

乔木同志：

　　承赠诗词集《人比月光更美丽》，为近年仅见的佳作。第一辑新诗，情感浓郁，思想深邃，音调铿锵，形式完美。六十年来，我一直在思考新诗的形式问题，结论见于信中寄上的《格律诗谈》一文。您的诗作完全合乎我所理解的理论。您曾经指出"的"字一类的虚字，有时可并入下一音步，以加强音调和节奏感。① 孙大雨同志很早就提出这种想法，直到一九五九年才得到中国社科院文学研究所吴晓铃同志赞同。自从你指出后，已逐渐为一些诗人所接受。

敬礼

罗念生　上

一九八八年九月三日

---

①　胡乔木原注：1983 年 4 月 9 日，我在《人民日报》发表《蚕》、《怒吼的风》、《临别前的聚会》、《给叛徒》四首新体诗时，曾经说这些诗每行都是四拍，每拍两三个字，有时把"的"放在下一拍的起头，拿容易念上口做标准，觉得比较顺手。所以念生同志在信里提到了我写新诗的这种做法。这四首诗都没有收入本集。

钱钟书致胡乔木（节录）

（一九八八年）

乔木同志：

　　顷奉惠赐大集，感喜之至。愚夫妇已快读一遍，尚须三复。《秋叶》、《希望》、《怀旧》、《红帽》、《桃花》、《国庆》、《杭州感事》、《水龙吟》之六、七、《六州歌头》之一、《采桑子》四首、《七一抒情》之一、二、《有所思》之一、四，皆尤心赏。

钱钟书　敬上

杨　绛　同候

七月十二日

二、关于《词十六首》

毛泽东对《词十六首》引言的修改

《人民文学》
《人民日报》编辑部同志们：

近日**病中多暇**，学习写了几首词，多关时事，略表欢喜之情，**并鼓同志之劲**。内杭州一首，借指文化革命。但国内至今庙坟尚如此之多，毒害群众，亦觉须加挞伐。令人高兴的是，杭州孤山一带成堆的坟墓，经过广大群众热烈讨论和领导的决定，已经在十二月二日分别情况迁移和平毁，西湖风景区内各种反动的、封建的、迷信的、毫无保存价值的建筑和陈设，也正在有计划地清理和改造。词中的一些话现在对于杭州基本上已经不适用了。杭州一呼，全国响应的日子，想亦不远。至于这些词，在艺术上是不成熟的，不少地方还有些难懂，**未能做到明白晓畅**，以后当努力改进。现送上，**请加斧削。如以为可，请予发刊**。①

胡乔木

一九六四年十二月五日

---

① 胡乔木原注：用黑体字排的话为毛泽东同志所加。对"词中的一些话现在对于杭州基本上已经不适用了"一句，毛泽东同志旁批："基本上还适用。"

毛泽东对
《沁园春　杭州感事》词的旁注

（一九六四年）

　　"杭州及别处，行近郊原，处处与鬼为邻，几百年犹难扫尽。今日仅仅挖了几堆朽骨，便以为问题解决，太轻敌了，且与事实不合，故不宜加上那个说明。至于庙，连一个也未动。"

关于《词十六首》的通信[*]

（1964 年 11 月至 1965 年 2 月）

一、胡乔木致毛泽东（四封）

（一）

主席：

词稿①承您看了，改了，并送《诗刊》（现因停刊改送《人民文学》），这对我是极大的鼓励，非常感激。康生同志告，您说词句有些晦涩，我完全同意，并一定努力改进。三首词结句的修改②对我是很大的教育。

因为粗心，稿中有一首漏了一句，有一首少抄了两个字。幸同时寄呈郭老，他详细地推敲了，给了我一封长信，除指出以上错漏外，还提了许多修改意见。为了便于您最后改定，我向人民文学社要了清样（结果不知怎的寄来了原稿），想根据郭老的指点先作一番修改。有些

---

* 作者在杭州休养期间于 1964 年 10 月至 11 月先后写成词十六首，经毛泽东悉心修改（参见收入本书的《人比月光更美丽·初版后记》），发表于《人民日报》1965年 1 月 1 日和《红旗》杂志 1965 年第 1 期。这里选辑的是围绕《词十六首》的主要的通信。除另有说明者外，均据作者手订的《书信选辑》（铅印本）收录。

① 词稿：指作者 1964 年 10 月下旬寄请毛泽东阅正的十三首词的未定稿。

② 胡乔木词稿《水调歌头　国庆夜记事》结句"万里千斤担，不用一愁眉"，毛泽东改为"万里风云会，只用一戎衣"；胡词稿《沁园春　杭州感事》结句"天与我，吼风奇剑，扫汝生光"，毛改为"谁共我，舞倚天长剑，扫此荒唐"；胡词稿《菩萨蛮一九六四年十月十六日原子弹爆炸》（其五）结句"魔尽凯歌休，灌缨万里流"，毛改为"魔倒凯歌高，长天风也号"。

觉得两可的,就只注在上面,请您选定。有几个修改要加说明,用纸条贴在稿旁,供您斟酌。此外,我又续写了三首《水龙吟》,重加排次,使这一组词①相具首尾,补足稿中应说而未说的方面,请您审阅。这三首我也另寄郭沫若同志和康生同志了,请他们把修改的意见直接告诉您。

《沁园春》一首,在此曾给林乎加②同志和陈冰③同志看过,后来又把其中提出的意见同霍士廉④、曹祥仁⑤两同志说了,得到了他们的完全同意。省委决定对西湖风景区进行改造。《浙江日报》已登了十几篇读者来信,要求风景区也要破旧立新,彻底整顿,把苏小小⑥墓等毒害群众的东西加以清理。这是你多年以前就提出的主张,在现在的社会主义革命新高潮中总算有希望实现了。⑦ 所以在此顺便报告,并剪附今天的《浙江日报》一纸。此事待有具体结果后再行报告,以便能在北京和其他地方有所响应。

敬礼

胡乔木

一九六四年十二月二日

(二)

主席:

第二次修改稿⑧十九日收到,因清样今早才到,所以回信迟了些。

---

① 10月所作十三首词中有《水龙吟》四首,加上11月续写的三首,这一组词共七首。
② 林乎加(1916—　　):山东长岛人。时任中共浙江省委书记处书记。
③ 陈冰(1920—2008):江苏淮安人。时任中共浙江省委常委兼宣传部长。
④ 霍士廉(1910—1996):山西忻县人。时任中共浙江省委副书记兼浙江省副省长。
⑤ 曹祥仁(1914—1975):湖北大冶人。时任中共浙江省委书记处书记。
⑥ 苏小小:此指南齐名妓苏小小。
⑦ 毛泽东在此处写批语:"这只是一个开始而已。"
⑧ 指毛泽东对12月2日胡乔木寄去的包括11月新写《水龙吟》三首在内的《词十六首》及其"引言"的修改稿。

　　这几首词承您和郭老几次费心修改,去掉很多毛病,增加很多光彩,非常感激。关于不应轻敌的批评①,我完全接受,那段话去了很好。

　　在清样上作了一些细小的文字更动,除校正原稿排错的地方外,想尽力所能及,使之比较好懂,不知妥当否? 有两处略加说明于下:

　　(一)《水龙吟》第一首结句:"看风帆竞驶,鹏程共驾,比云天壮",终觉不甚称意。为此曾苦思多日,最后才想到了现在的改法:"唤鹰腾万仞,鹏征八表,看云天壮",意思是想表示领袖群伦,高瞻远瞩,奔赴世界革命和世界共产主义的伟大远景。觉得在气魄韵味方面和上文"洪钟"、"南针"、"文章"、"谈笑"等的关合方面,似较原句稍胜。不知想得对否?

　　(二)《水龙吟》第五首结句:"幸良师三径,长蛇封豕,作妖魔舞",揣摩许久,仍不敢说是懂了。我猜测这可能指赫下台了,帝国主义的原形更易暴露了,但赫当政时帝国主义也作了许多妖魔舞。又猜测是指赫虽下台,他的门徒和他仍有三径可通,所以修正主义者们仍作妖魔舞。但这样与全文不甚调和。不敢妄断。因此就很冒昧地重拟了一个自觉较为醒豁的结句②,敬供您审阅时酌定。

　　现将改过的清样送上两份(其中一份有些旁注,另一份没有),请定稿后交《人民文学》和《人民日报》编辑部。

敬礼

胡乔木

一九六四年十二月二十日

(三)

主席:

　　改稿因信使往返赶不上新年发表,由一秘书用电话传来,全听懂

---

①　批评写在《沁园春　杭州感事》词旁和"引言"旁。
②　这个结句是:"看后车重蹈,愁城四望,尽红旗舞。"定稿用此。

了。改的地方除两处外，均完全同意，现将这两处的意见用电话传回，托人抄上，如下：

（一）"肺腑如见"的"见"字①属霰韵，与全篇所用霁未韵在古今音中均不能通押，故不好用。另，用"如见"与正文"记"字呼应也差些。

（二）"当年赤县，同袍成阵"②，似觉不如原句自然亲切、意义含蓄又明白易解。另，改句与下文"寒风里，生机旺"的关合似不够紧凑，"赤县"与"当年"连用也觉有些勉强。因此，这一句我想不改也可。

专此谨复。敬祝

新年快乐

胡乔木

一九六四年十二月二十七日

（四）

主席：

"北辰俯仰"③一句，把领袖和群众的关系两面都说到了，说活了，实有点铁成金，出奇制胜之妙。现因想到"南针思想"一句（此句以思想居主位，南针居宾位，前后句本不相称）可否仿照改为"南针指掌"④，此语除通常解释外，还有领袖指导、群众掌握之意，如此则在内容和形式上都可与"北辰俯仰"一句相配合。"东风旗帜"原也想改为"东风驰荡"，但觉不如原句鲜明，故放弃了。又前句"晓歌齐

---

① 作者自注：《贺新郎·看〈千万不要忘记〉》一词中，原句为"记寻常亲家笑面，肺肝如是"，主席曾改为"……如见"。定稿时主席同意仍作"……如是"。
② 作者自注：见《水龙吟》（七首）第一首中，原为"喜绿荫千里，从前赤地"，主席第一次改为"喜当年赤土，绿荫千里"，后又改为"喜当年赤县，同袍成阵"。编者按：这句定稿用"喜当年赤县，同袍成阵"。
③ 作者自注：原为"北辰共仰"，主席改为"北辰俯仰"。
④ 此句定稿未改。

唱"原作"战歌齐唱",拟恢复,使意义较明确。①

以上均请酌定。

敬礼

胡乔木

一九六四年十二月二十八日

二、郭沫若致胡乔木*

（一九六四年）

乔木同志：

十一月十三日信接到。大作词十三首②,仔细拜读了。

今天赵朴初同志来访,我又和他共同研究了一遍。提出如下一些意见,供您参考。

（一）关于《六州歌头》

这首词有两种格式,都是一百四十三字。您填的是贺铸式,只有一百四十字,看来是抄夺了一句。"人民众,称勤勇,黯尘蒙,夜永添寒重",估计在"黯尘蒙"句之上或下,夺去了一个三字句。

词的开头两句："茫茫大陆,沉睡几千冬?""千"字,我觉得不好。

---

① 此句定稿未恢复。

* 据郭沫若信原件刊印。胡乔木据信中郭沫若、赵朴初所提意见修改之处,在《人比月光更美丽·初版后记》中均一一注明。

② 胡乔木的词十三首作于1964年10月。这十三首词是《六州歌头　国庆》、《水调歌头　国庆夜记事》、《贺新郎　看〈千万不要忘记〉》、《沁园春　杭州感事》、《菩萨蛮　一九六四年十月十六日原子弹爆炸》（五首）、《水龙吟》（四首）。11月又续作《水龙吟》三首。这十六首词以《词十六首》为总题发表于《红旗》杂志1965年第1期,并在《人民日报》1965年1月1日第7版先行刊载。

中国社会的发展，并不是几千年间都是在"沉睡"中过来的。改为"几秋冬"，如何？

"称勤勇"句，朴初同志拟改为"勤而勇"。

"马列天涯送"句，您的意思是说从天外送来，但照句法解，也可以解为向天外送去，朴初同志认为有语病。我建议：似可改为"马列来仪凤"。

"一朝空"拟改为"一旦空"。"喜江山统"拟改为"喜乾坤统"。"彩图宏"，"彩"字觉得不大熨帖，改为"画图"如何？又率性把整句换为"龙虎从"，似乎和上句"锤镰动"对仗得更好些。

尾句"如日方东"拟改为"旭日方东"。

（二）关于《水调歌头　国庆夜纪事》

这一首朴初同志很欣赏。我有一些小意见。

"万朵心花齐放，一片歌潮直上，化作彩星驰"，"心花"，拟改为"星花"，"彩星驰"，拟改为"彩云飞"。驰是阳平，在此处用阴平，似较响亮。

（三）关于《沁园春》

上下两阕倒数第二句都少了一个字。

"最堪喜，□射潮人健，不怕澜狂。"

"天与我，□吼风奇剑，扫汝生光。"

"射潮"上拟添一"有"字。下阕尾三句，拟改为"人共扫，仗吼风奇剑，令汝增光"。"扫汝生光"句太生硬，一句要切成两读，颇可斟酌。"生"改为"增"者，因上面是"西子犹污半面妆"，扫去半面之污，自是增光了。"四方佳气，桂国飞香"，下句拟改为"桂苑飘香"。又"雪裹棉铃"，"雪"字似可改为"银"字。

又《沁园春》第二句"娓娓秋湖"："娓娓"二字,朴初拟易为"滟滟"或"湛湛"。"妖骸祸水"句,"祸"字似可改为"玷"字。因在旧时代一般把女性诬为"祸水",故拟改。"土偶欺山"："欺"字拟易为"僭"字。

(四)关于《水龙吟》

第三首"良苗望饮","饮"字朴初同志拟改为"溉"。

第四首"万邦哀乐","哀"字似可改为"忧"。又"但同舟击楫,直须破浪,听风雷吼","但"字有歧义,拟改为"好同舟击楫,冲涛破浪,听风雷吼"。

(五)关于《贺新郎》

"镜里芳春男和女","和"字可改为"共"字。

(六)关于《菩萨蛮》

第一首开头两句："神仙万世人间锁,英雄不信能偷火",朴初以为蹩扭。我建议:改为"人间不受神封锁,英雄毕竟能偷火。""毕竟"二字是朴初拟的。又"风吹天下水,清浊何时已?"读起来有些消极意味。下句拟改为"泾渭明如此!"

第三首末句"前山喜更高","山"字朴初同志拟改为"峰"。

第五首末二句"魔尽凯歌休,濯缨万里流","休"字拟改为"悠"。(凯歌是永恒的,不应停止。)如改为"长"字,则"流"字可改为"江",请斟酌。

敬礼!

郭沫若
十一月廿日夜

三、陈毅致胡乔木*

乔木同志:

　　两次收到来信,又收到词二十六首①及小梅花一首"欣闻印尼退出联合国"。均读悉。你休养期中,以填词自遣,这办法最好。

　　那天在主席处,主席说,乔木词学苏辛,但稍晦涩,主席又说,中国新诗尚未形成,恐怕还要几十年云云。把这消息告诉您,供您参考。您填的词我是能懂的。我认为旧诗词可以新用,您的作品便是证明。因此您初次习作,便能入腔上调便是成功,中间有几首,我很喜爱。您多写便会更趋熟练,以此为祝!大创作是等着您的,更以此为祝!中国新体诗未完全形成,我亦有此感。我也是主张从旧体诗词略加改变去作试验。我写新诗亦习作旧体,就是想找一个办法有助于新诗的形成。这想法不坏,但实践还跟不上。因而看到您填词,便大喜,以为我们是同路中人也。自然您比较严守词格,这是对的。不依规矩不能成方圆,但也有到了大破规矩的时候,便更好些,这看法也是可以成立的。

　　从五号伤风至今未愈,终日咳嗽颇苦。医者要我在家休息几天。因而才动笔回信,十分抱歉太迟了。

　　张茜到句容蹲点去了。

　　您的词我还要再读一下,有意见再写下送您,无意见便不写了!

---

* 　据陈毅信原件刊印。

① 　词二十六首及《梅花引》(即《小梅花》)一首共二十七首作于 1964 年 11 月至 1965 年 1 月。后几经修改,删去其中六首,又补入七律五首,以《诗词二十六首》为总题发表于《红旗》杂志 1965 年第 11 期,并在《人民日报》1965 年 9 月 29 日第 6 版先行刊载。

利用故宫搞世界人民友好活动事我告总理,他同意已要人去研究办法。春暖后可能开始。

北京今冬至今未下雪,枯燥之至。湖上谅晴朗,祝您身体康复更快。

陈毅

一九六五年一月二十日

四、胡乔木复读者(三封)

(一)

耿庆国同志:

一月十日来信收到。你在毕业后决心服从国家的分配,到党最需要的任何地方去,搞一辈子革命和建设,这个志愿很好,祝你成功地实现你的愿望。

你对于我的几首词感觉兴趣,因而问起我以前写过的能不能发表。我告诉你吧,以前我没有写过词,这次发表的是我初次的习作。以后可能还写一些或发表一些,但这现在还不能决定。当然,我以前曾经读过一些词,作过一些初步的研究,否则是不会一下子就写出来的。

词这种文学体裁很特殊,严格地说来是已经过时了,要学习写作需要一定时间的学习,以便掌握有关知识和技巧,因此我并不鼓励你认真去写它。你写的几首,热情是有的,但是对于文字的掌握还没有"过关",有不少词语用得不恰当。比较起来,末一首《渔家傲》文字通畅,但是情韵还嫌有些不够味,需要更多的精练和抒情化。我想,你有了这份革命的热情,这是最重要的,至于写不写词,或者写得好不好,这对于一个从事自然科学的青年来说并不重要。

　　我近年由于得了比较严重的神经衰弱症,不能工作,也因此才有时间学习这些东西。虽然它们的内容完全是革命的,没有旧诗词中常见的那些坏东西,但是无论如何,如列宁所说,写革命都不如实干革命更为有趣。不多谈了,祝你顺利地完成你的毕业论文。

胡乔木

一九六五年一月二十一日

（二）

汪志伟同志:

　　一月十二日来信收到了,已送胡乔木同志看过。现就你所提出的问题答复如下:

　　一、"卖亲朋"至"媚音容"一段,即指赫鲁晓夫修正主义集团联美反华的勾当。

　　二、《水调歌头》这首词的下半首是描写一些外宾在参加天安门庆祝晚会时的感情。"天外客"即指来自远方的客人。

　　三、"浮云西北去,孔雀东南舞",各由古诗"西北有浮云"、"孔雀东南飞"两句稍加变化而来。这里都有双关的意义。前句既可指原子云向西北飞散,也可指赫鲁晓夫下台。后句既可指北京演出《东方红》大歌舞(十六日晚毛主席等党和国家领导人出席观看),也可指原子云状如孔雀开屏。

　　四、"十载簧言"和"十年一觉邯郸梦"的十年,均批赫鲁晓夫当政的十年。赫系一九五三年上台,距一九六四年下台时约为十一年,这里举整数。

　　六、台湾虽尚未解放,但全国究竟是空前未有地巩固地统一起来了,所以仍不妨说"喜江山统"。作诗词不能也不必像写论文那样每句话都要求数学式的精密准确。

胡乔木办公室①

一九六五年一月二十八日

（三）

徐拒沿同志：

　　一月十六日来信收到，并已转给胡乔木同志。他嘱咐我们对你所提出的三个问题简复如下：

　　一、"谁共我，舞倚天长剑，扫此荒唐。"②上文的土偶妖骸所指很广，并不限于有形的庙坟，一切旧文化中的偶像骸骨都包括在内，对这些东西必须进行很艰巨的长期的斗争。这里用"倚天长剑"，是为了加强声势和渲染形象，只是一个比喻，当然不是说依靠武力或单纯行政力量。"谁共我"也只是对群众的一个呼吁，并不就是说依靠少数人。在诗词中的文字不能看得太死。

　　二、"举世饥寒携手"③，是从《国际歌》"起来，饥寒交迫的奴隶"一语演化而来，我们现在唱《国际歌》并不发生"过时"的问题，成为问题的倒是有些号称社会主义的国家把全世界饥寒交迫的奴隶给忘记了。这首词是从一个革命还未成功的国家的革命外宾的角度来写的，他在北京看到全世界被压迫人民的团结和希望，所以用这句话比较恰当。此句上承"乐土人间信有"，下接"前路复奚疑"，如改变别的话就缺少了必要的反衬（乐土——饥寒——前路）和逻辑（饥寒——前路——乐土）的力量。

---

① 此信是胡乔木本人起草的。
② 此句见《沁园春　杭州感事》。
③ 此句见《水调歌头　国庆夜记事》。

三、"似曾相识归来燕"①一句,是为了使人们对现代修正主义联想到第二国际的老修正主义。这一句与全词的前后文有不可分割的联系,改掉就索然无味。这个句子,不过是一个现成的熟句,并非政治公式,中央的信件引用这句话也并非要把它变为政治公式,所以在什么地方利用它,都可以按照需要给它以新的含义。你想得未免拘泥了一点。

敬礼

胡乔木同志办公室②

一九六五年二月

---

① 此句见《水龙吟》第四首。
② 此信是胡乔木本人起草的。

《词十六首》白话试译*

六 州 歌 头
国　庆

　　这茫茫无边的大陆,回头看它已过去了几千个冬天。啊!这个人民众多,素称勤劳、勇敢,并且以丰功伟绩突出于世的国家,竟然遭到灾难!长夜更添酷寒。英雄的儿女,向往着自由,高举义旗,怒血迸流。他们的奋斗牺牲没有得到结果,正在惊疑道路已穷。忽然间春雷震动①,马列主义从天边送来。成立了共产党,组织了工人和农民。道路是艰险的,但是任凭风惊浪恶,战斗的队伍始终毫不动摇地把自己的鞭影(奋斗目标)指向长虹一般美丽的共产主义理想。龙虎的巢穴,终于一扫而空。　　可喜呀,国家统一起来了,人们的豪情奔纵;锤镰挥动起来了,建设的规划宏伟。我们在世界上有众多的兄弟,遍于六个大洲;一起驾着长风,在一只大船里向着共同的目标前进。是什么东西,它竟把干戈玩弄,挑起反对真理的争论,出卖自己的亲朋,向凶横的敌人投靠,乞求恩宠,呈献媚容。却不料在人间,

---

*　此篇据作者的初稿(铅印稿)刊印。稿上注明"内部参考"。注释均为作者所作。
①　指一九一七年俄国的十月革命。

火炬偏偏烧得更猛。处处春意浓重。你试登高放眼远望,就会看到半个天战旗通红,早上的太阳正在东升。

水 调 歌 头
国庆夜记事

今天夜晚是什么夜晚,全世界都被同一的光辉照耀! 在东西十里的长安道上①,火树般的灯光映照着迎风的旗帜。多少万的人群个个心花齐放,随着一片歌潮直上云霄,化作彩星(指礼花)在天空飞驰。这壮丽的光景使白日羞得躲藏起来,明月也羞得掩入帷帐。来自远方的客人,此刻不跳舞,还待何时? 我好像已重返青春年少,跳个通宵也不用推辞。人间果然在这里存在着乐土,全世界饥寒的人们都在这里携手,前途还有什么可疑? 只要武装起来,万里风云(斗争)就能够会合而取得最后胜利。

贺 新 郎
看《千万不要忘记》

好一幕惊心的戏! 要记住:看去很平常的亲家的笑脸,在它背后的心肠却竟然如此奸恶! 在舞台上像给大家照着镜子似的一对青年男女,像醉人骑着瞎马在悬崖上,他们陷入了多么危险的境地! 当他们惊醒回头时,看到那些胸怀壮志的先进人物,好像大雁高飞在万里的天空中。难道这一对青年男女不能同他们一样地比翼齐飞吗? 为什么要像燕雀似地躲在画梁上谋求渺小的"幸福"? 晚上住在芦塘

---

① 指北京天安门前的东西长安街。

边,何曾妨碍大雁白天在高空展开伟大的翅膀? 使天下人都快乐,这才是最大的快乐。　　　感谢你作者用彩笔表达了深情厚意。现在正是人间风云变幻,纷纷不已的时候。当年的兰蕙(香花)今天变得像什么样子了? 不要相信豺狼的摇尾乞怜;你不见原来以为平安无事的地方现在又起了烽火? 警惕呀! 石壁从来能被滴水穿透。怎能忍心让蝼蚁一般的害虫使我们的社会主义的江山变色? 阶级存在着,千万不要高睡。

沁　园　春
杭　州　感　事

秋山像在沉思,秋湖像在微语,秋江像在奔驰。正是一年好景,人们可以在采莲的小舟上赏月;四方都是好气象,到处飘送着桂花的香气。棉株上挂满了像被雪裹着似的棉铃,稻子翻腾着金色的波浪,秋意在田间特别浓厚可爱。最令人高兴的是,有敢于射退潮水的勇士们健在,不怕任何疯狂的风浪。　　　杭州从古至今一向被喧扬为天堂。可笑的是今和古有天壤之别,怎么能够相提并论! 算来千年的繁华,长期埋着被压迫人民的鲜血;工人农民直到今天,才开始显露锋芒。但是泥塑的偶像还欺压着这里的山头,妖魔的骸骨还祸害着这里的水边,西湖因为她的半面美容被污损而羞恨。谁来同我一起,挥舞倚天的长剑,扫掉这些荒唐的东西!①

---

①　这末了两句直接是指杭州的庙宇和坟墓,破坏了西湖的风景;间接是指过去一个时期文化界崇洋崇古、迷恋偶像和骸骨的反社会主义倾向,使社会主义的上层建筑如“半面妆”似的不能同社会主义的经济基础相适应,所以必须加以扫荡。

菩　萨　蛮（五首）
一九六四年十月十六日原子弹爆炸

　　神仙想要万代封锁人间，使人们得不着火，但是英雄毕竟能够把天上的火偷到人间来。中国的原子弹爆炸像响了霹雳一声的春雷，英勇的声名传遍天下。　　　　风吹遍了天下的水，发现清的浊的相差竟有千里之远！亿万人为中国的原子弹高兴，意气凌云，但是有的人却愁断了魂。

其　　二

　　具有移山壮志的七亿人民，怎能忍受长久做奴隶！我们终于用自己的双手把乾坤扭转，教大自然认识它的主人。　　　　西北方的浮云飘去了，孔雀在东南飞舞。今天晚上美好的情景与平时特别不同，天风卷起了海上的高潮，像是要表现人们心中的激情。

其　　三

　　把攀山越水看做是平常事，在英雄眼里没有艰难这个词。奇迹是人创造的，登高山必须从低处起。　　　　登到高山的顶上远望，心头真有说不尽的感情！大好气象，充满天地之间，等待着人们去掌握。好在新来的一代都是杰出的人物，他们为前面需要攀登的山峰更高而欣喜。

其　　四

　　在西风里，夕阳沉到昏雾里去了，而在东方红处，却升起了霞柱。在昏雾中，众妖横行，红霞飞升，四海（世界）欢腾。　　　　红霞的旗帜飘扬四海,它的壮志足以使千年以后的人都为之震惊。它的旗帜表示自己愿意和雾一起消亡,化为日月的光辉①。

其　　五

历史从来都是人和魔鬼斗争,魔鬼存在那能风平浪静?今日拿着用来捆缚魔鬼的长绳,远看世界就要清平。　　拿着长绳的人有三十亿,把敌人包围得严严密密。打倒了魔鬼,我们高唱凯歌,满天的风也在同着我们呼号。

水　龙　吟(七首)

当初只是一星星火种传到东方来,现在却已是燎原的大火照亮天地。当时茅庐中的少年农民②,心胸里怀念着人民的祸福,哪怕前面有反动的万夫当道,自己哪怕只有一个人也毫无畏惧地勇往直前。几经岁月,长江和黄河都像沸水似地翻腾了起来,终于领导全国人民把乾坤扭转。可喜当年的赤县③,同志们都组织起来成了大队伍,虽在寒风里,仍然生机旺盛。

大钟冲破黑夜怒响,催起战士晓歌齐唱。我们高举东风(革命)的旗帜,有毛泽东思想作为行动的指南针,我们的领袖像北极星似的和我们俯仰相望。他的文章像迅雷,他的谈笑好像能生出风,敌人听了魂飞胆丧。他唤起雄鹰飞上万仞的高空,唤起大鹏④飞出天外的

---

① 雾:比喻西方的核武器。霞:比喻中国的核武器。愿和雾一起消亡:比喻我国政府关于销毁一切核武器的倡议。
② 指毛主席。
③ 中国的古名。
④ 神话中的巨鸟。

四面八方,让大家看到,这有云彩的天空多么雄伟壮丽。①

其　　二

列宁的开天辟地的威力真是伟大,他的事业从前有谁能比? 在十月革命一声炮响以后,经过三十年血战,两个花枝(或两株花树)一同盛开②。当边疆发生惊人的战争烽火的时候,当萧墙之内像闪电似地发生事变的时候,在艰难的日子里,可以认清真正的朋友是谁。可笑的是老虎徒然口角流涎,鼠辈徒然心劳技穷,它们要想制造分裂的梦,现在该醒了吧?　　九亿人民的团结有深厚的基础,如同铜墙铁壁。试问全世界这样的联盟那里还有? 我们的团结关系着全世界的风雨,各国的忧乐,千年的祸福。责任重,道路长,天和地都在看着我们举的是什么样的旗帜,我们斗争的本领如何。我们应该同舟共济,决心一起消灭敌人,那么,我们就可以大胆地破浪前进,听风和雷的吼叫。

其　　三

仰看西北的浮云,颜色变化的次数已不知有多少。当年的美丽的花园,被狐和兔到处打洞,花园中的芳草多么可怜! 因为人们醉心于少数人的享受,追求堂皇的高楼和华丽的大厦,斗争的火焰在前进的中途衰弱了。再加上后来奸贼篡夺了权位,毁坏了长城(指社会主义阵营和国际共产主义运动的团结),革命的旗帜变得更加昏暗,在夕阳里模糊不清。　　你们也知道,处在没有出路的境域终究是不能长久的,怎么走得这么远还迟迟不回头? 走到危险的远方,应当

---

① 比喻世界革命和世界共产主义的伟大远景。
② 比喻中国和苏联。

想到,那里有喜欢吃人的虎豹,有令人迷失方向的歧路。回来吧,珍重自己的家园,这里有好禾苗等待灌溉,有荆棘需要清扫。趁着世界上最广大的群众都在坚决同敌人斗争,为什么不共同一起,把世界重新创造一番?

其　　四

旧时贵族的堂前,归来的燕子似乎还是旧时的相识。换了新的装扮,可还是旧的模样:依然醉心于在外国交游饮宴,依然对华贵的画堂恋恋不舍。瞧不起贫贱的人们,抛弃了父母和朋友,衔着一口泥就自鸣得意。忽然火烧起来,筑巢的梁倒了,一下子就垮下来,变得无依无靠。它做梦还在埋怨,主子的恩典太浅!　燕子每年秋去春来,不知有多少,怎么竟然被一些人们捧成了首脑?它把命运寄托给豪富,把劳动人民的命运当作儿戏,使世界风云变了颜色。十年来花言巧语,遗臭万年,苍蝇丛集细菌繁衍。希望子子孙孙,奋力用除妖的剑坚决清除它的遗孽。

其　　五

算起来,在反面教员里,先生的榜样真是足以流传千古啦。你迫害兄弟如同仇虏,鞭打死者①凶狠如虎,面临危难胆小如鼠。你口念咒语,手挥符箓,好像能呼风唤雨。什么三无世界②,两全党国③,说得天花乱坠,终归化为尘土。　今天大家看到干沟里的死鱼,谁知道明天它的朋友们是不是也要遭到同样的命运?病已经非常严重,靠无效的旧药换上新汤,多煮又能有什么用?它的一群旧伙伴,因为

---

① 指斯大林。
② 指所谓没有战争、没有武器、没有军队的世界。
③ 指所谓全民的党、全民的国家。

它被赶走了而愁恨恐惧,好像惊弓之鸟,又像猴子看到树倒了而伤心,它们彼此由于面对着共同的危险,还在互相呼唤,想要重新结合起来互相依靠。但是前面的车子已经因为走到错路上翻倒了,后面的车子又重蹈覆辙,还能有什么出路?它们愁苦地四处张望,只看见世界上尽都是红旗在飘舞。

其 六

这样一个东西,居然也化装起来登上舞台,十年像做了一场富贵荣华的美梦。他当初本来认为,世界上的人们都会听他随口胡言,都会永远把他当神一样地用香和花来供奉。这个逆子闹得倾家荡产,像残花落在路旁没有人需要他了,忽然一阵狂风,就把他吹得无影无踪。不禁令人回想起从前那一批吹捧他而不惜卖国求荣、卖身投靠的政客,他们当时争着说他是怎样伟大了不起,说他真正是龙种呢。 看惯了蜣螂团粪丸,蚂蚁堆小土堆,任凭他们怎样纷扰,昆仑山依然高耸不动。大自然在等待着这样的时机,一声狮吼,无数的红旗像云一样的涌现。天意多情(客观历史的发展是有规律的,是朝着有利于革命的人民方面发展而不是按照修正主义者所幻想的那样),朝生暮死的蜉蝣空自悲怨(它们希望地球不要转动,历史不要前进),地球的车轮照样飞动。看吧,没有多久,现在又是芳草连天漫地,莺燕纷纷飞回,春光已经愈来愈强烈了。

其 七

试问古往今来,世界上一切辉煌的文化是谁创造的?是千年的奴隶,他们过着牛马般的生活,自己不能享受自己劳动的果实,却看着别人醉饱!历史的新的一页开始了,天南地北,共产主义的红光都照遍了。可现在还有人说狼和羊应该"共处"。请问今天有谁偏偏应该像羊一样被狼吞吃,偏偏应该甘心带上镣铐继续做奴隶?
革命一声炮响,震动山河直穿云霄。革命的战士们骑着骏马奔驰,风
都追不上,拿着光亮而威严的刀枪,奋勇前进,铲除强暴。不论是什
么造雾迷人的魔鬼,含沙射人的怪物,对于一切妨碍革命斗争的妖
气,都毫不留情地扫除。乘着到处革命斗争爆发,好像那浪花似雪的
滔天大浪,又像那漫天大雨似的冰雹,同志们努力向敌人冲锋啊,指
着冰山把它打倒!

三、关于《诗词二十六首》

毛泽东关于
《诗词二十六首》的信

（一九六五年）

康生同志转乔木同志：

　　这些词看了好些遍，是很好的。我赞成你改的这一本。我只略为改了几个字，不知妥当否，请你自己酌定。先发《红旗》，然后《人民日报》转载，请康生商伯达、冷西办理。

毛泽东

九月五日

毛泽东对
《六州歌头(二首)》词的旁注

(一九六五年)

"有些地方还有些晦涩,中学生读不懂。唐、五代、北宋诸家及南宋每些人写的词,大都是易懂的。"

《诗词二十六首》白话试译[*]

六 州 歌 头(二首)
一九六五年新年

　　在广阔的国土上,一片大好风光。天气晴朗,人心欢畅,奋发图强。比和帮,在大地上一浪高一浪。不再依靠别人了,我们的国家从此兴旺起来了,能工巧匠迅速涌现,在各个战线上增添奇迹,把祖国装扮得更加美好。人们对我们古老的国家另眼相看,因为它呈现了新的面貌,红旗显示了它的威力。可歌颂的参天大树,你坚贞不屈地战胜了冰霜! 走狗们徒然狂叫,对你又能有什么损伤! 　　不要因为胜利而陷入空想,以为我们一切安然无恙;不,我们知道前面还有风浪,但是我们能够在歧途中辨别出康庄大道。外部的敌人会要侵略我们,我们有强大的军队和强大的人民准备着击败他们;在我们的内部也会产生各种害虫,只有坚持长期的斗争才能够战胜它们的危害。我们的文武干部都崇尚劳动,披荆斩棘,进行生产。我们有艰险就同上,有享受就相让,有痛苦就先尝。身在茅屋,眼望全世界的革命烽火,满腔热血沸腾。夜里听见鸡叫我就想起来舞剑。啊,我多么

---

[*]　据作者的初稿(铅印稿)刊印。稿上注明:"试译白话初稿,仅供翻译参考。"注释均为作者所作。

愿意在朋友需要的时候整理战时的衣装,去共同扫除强暴的敌人!

其　　二

　　站在寒山上远望,春天的暖意越过重重的海洋①。春天的潮水浩浩荡荡,连天接壤,震动着偏远的地方。啊,不,这是革命人民高昂的战歌,它的气势和雄伟的山河一样地豪壮:武器握紧,方针正确,人民拥护,战友众多,阵容强大。看到革命斗争发展的这种景象,反动派触目惊心,败叶纷纷掉落,兔死了狐狸悲伤。简直到了冰崩瓦解的地步,还有什么办法肆意猖狂? 两大国分赃,只是徒然好梦一场。　　　即使增兵添将,夸耀大棒,到处喧嚷,也仍然陷入泥塘。即使某些人纷纷说情,宣传忍让,花言巧语,还是达不到愿望。全世界东风兴旺,无可遮挡,任意飞扬。争取解放,方向坚定,斗争的锋芒锐不可当。现在是什么世界,那能容得虎豹来来往往? 人民团结的力量无比坚强。要叫遍地插上红旗,万国换上新装,日月重新放出光芒!

梅　花　引
欣闻印度尼西亚退出联合国

　　自夸强大,称王称霸,你可知道今日是谁的天下?〔联合国只是〕一面血腥的旗子,一团臭污泥,一伙蒙着破羊皮掌权的豺狼! 滔天罪恶不胜数,明明是强盗还要大谈人道和正义。早已到了穷途,可笑那狂妄的小子,还抱着〔联合国的〕神牌当作护身符。　　　一片叶子落下,大大增加了它(联合国)萧条的气象。〔不参加和退出联合

---

① 新年的时候,中国绝大部分地方都还在冬天,而目前世界上革命斗争风暴主要是发生在热带或热带附近。

国的革命国家像〕天马在辽阔的天空自由竞赛奔驰。让我们饮着美酒，穿着彩衣起舞，在如意的东风里听着百鸟歌唱春光。春光先照英雄好汉，斗争的捷报纷纷传来像花一样地灿烂。让我们拉长弓，射苍龙，掀起排山倒海的斗争，指日和敌人定个胜负！

梅 花 引
夺 印

　　领袖的话，牢记心上，百年大计要靠打好基础。背起行李，带上干粮，工作队员们眉飞色舞地忙着下乡。当年的"老八路"今天又来到，同甘共苦把群众来依靠。万重山，算不了什么困难，不把红旗插上坚决不回还。　　隐藏在公社里的老鼠，欺骗耳聋眼瞎的人，他们（那些老鼠）不爱贫农爱地主。他们能说会道，好话连篇，捧着一大堆的表格宣扬他们的"成绩"，暗地里却结伙成群篡夺革命的领导权。人间自来就有锐利的剑，有着智慧的眼光那怕坏人善于装模作样？群众中的英雄发动起来了，消灭坏分子散布的歪风邪气，夺回人民的江山永做主人翁。

江 城 子（二首）
赠边防战士

　　年轻人的心愿在天边。离开家乡，走过一关又一关，南北东西，走了多少好河山！为了保卫祖国不受侵犯，把鞋踏烂了，也不辞劳苦。　　远征才感到路途上的欢乐。北风寒冷，又有什么关系，冰天雪地里我们的英雄永远保持青春。看！他们背上枪枝登上哨所，在千丈峭壁上，升起了炊烟。

其　　二

　　在边塞练兵,多么风光! 号声紧急,在厚厚的霜上行军,军旗哗啦啦地在天空飞扬。等到拼过了刺刀,才擦着汗水,对着初起的朝阳。墙上的大字报琳琅满目。报知爹娘,放心吧,多少英俊的小伙子都参了军。"大海航行"①的歌声四起,营地里的快乐,胜过自己的家乡。

小　重　山

赠海岛战士

　　无边的狂涛拍打着海岸翻腾。大好的夜晚谁陪伴着我? 是满天的星星。海风摇撼着树木想要吓唬我。海风你别梦想了,铁汉难道是虚名?　　牢记着入伍时的千嘱万咐:要建设美丽的家园,全靠有强大的国防前线。遥望祖国的江山,现在是一片沉睡无声。在千百个海岛上,多少炯炯发亮的眼睛在守卫着你!

定　风　波(二首)

祝　　捷

一、我东海渔民民兵配合海军航空兵
部队活捉美制蒋机驾驶员
(一九六四年十二月十八日)

　　种着海上的万顷田,一生都在捕鱼的船上。常经风浪就好像走

---

①　指革命歌曲《大海航行靠舵手》。

平坦大路,这不是夸口;渔民们还在时刻准备着配合人民解放军站在海防的最前线。　爱国心大显身手的一天终于到了,像一群燕子似的,在水上和在天空双双唱着凯歌归来。七亿人民既能劳动又能作战,千百年来,谁曾见过这样的铁打江山!

二、我空军和我海军航空兵部队
多次击落美蒋入侵飞机

祖国今天掌握了自己的领空,远望蓝天,谁能不羡慕我们的乘风而行的空中战士!银翼翩翩飞来飞去,像天上的仙女,用仙梭织着锦缎自由地东西来往。　飞贼谁敢夸口能漏网?别梦想;在天空中布满铁壁铜墙。他们用了新的花样,正在自鸣得意,但是马上就完蛋了;勇敢的战士争先报告立下了光荣的功勋。

念 奴 娇(四首)
重读雷锋日记

从哪里飞来的,一只幼小的凤凰化作了一团烈焰①!出生时的阶级苦难,小小孤儿全都尝遍。大地翻身了,亲人仇报了,我也喜笑颜开。说尽千言万语,紧握手中枪才是关键。　斗争还在继续着呢。你试同我一起飞翔,把人世间全都看遍,哪里不是〔斗争的〕前线?全世界还有很多被压迫者在流血牺牲,小我怎么能迷恋②?像

---

① 据传说,凤凰到一定年龄就集香木自焚,然后在火中复活,即永生不死(见郭沫若:《女神·凤凰涅槃·序》)。
② 以上是假托雷锋的口吻。雷锋的日记写道:"世界上还有三分之二的穷人没有得到解放。他们没有吃、穿,受压迫,受剥削。我决不能眼看着他们受欺凌,一定要将革命进行到底,解放所有受苦受难的人民。"

他那样做个螺丝钉,可是心怀天下,有限的生命就会变成无限。他像高山上的松柏,天寒的时候更加想到他的坚贞。

其　　二

一支山歌,千万人传颂党的恩情胜过母亲①。字字像被眼泪裹着的珍珠一样,唱出了雷锋心里的话。能有今天,多亏先烈的奋斗牺牲,我怎敢推辞艰苦!为了群众牺牲自己,甘愿与"傻瓜"为伍②。　　永远记住从群众中来,到群众中去,领袖的谆谆教导。花开一朵不算春,还要看百花齐放。对同志像春风般的温暖,对工作像夏日般的热情,对敌人比虎还要威猛。把"解放军"当做自己的名字,他的高尚风格光耀千古。③

其　　三

昨天晚上,分明梦见他老人家万般的慈祥亲爱。醒来后追找他老人家在哪里?啊,他在他像日月一样永远存在的文章里。记得最深的是他的教导:要全心为党,要戒骄戒躁。一滴水所以干不了,只因为它在大海之中。　　谁叫他抱着被子把水泥遮盖,谁叫他匿名

---

① 指《唱支山歌给党听》,里面说:"母亲只生我的身,党的光辉照我心。"

② 这句话是假托雷锋的口吻。当望花区成立人民公社时,雷锋把几年来积攒下来的钱支援了人民公社;当辽阳市遭受洪水灾害时,他又把省吃俭用积存下来的钱寄给了灾区人民。对雷锋的这种高尚的共产主义风格,有些人讥笑他是"傻子",雷锋听到后,在日记中写道:"有些人说我是'傻子',是不对的。我要做一个有利于人民、有利于国家的人。如果说这是'傻子',那我是甘心愿意做这样的'傻子'的,革命需要这样的'傻子',建设也需要这样的'傻子'。我就是长着一个心眼,我一心向着党,向着社会主义,向着共产主义。"

③ 指有一次雷锋在沈阳车站发现有位老大嫂丢了车票,他问明真实情况后,用自己的津贴费给她补买了一张票,当这位老大嫂问他姓名和住址时,他说:"我叫解放军,住在中国。"

寄钱给别人,把千年的风气改变①? 真理一旦为群众掌握,出现了多少壮丽的行为! 只有鼠目寸光,贪图蝇头微利的人,才不能了解雷锋式的英雄而少见多怪。广大革命群众高举红旗,浩浩荡荡,像雷锋一样地共同奔往忘我的时代。

其　四

一本平常的日记,仔细观摩却到处放射出耀眼的光芒。时代的洪流翻腾着巨浪,正是英雄大显身手的时候。过去恨那蛟龙潜藏,今日欢欣蛟龙飞跃,劳动人民的天才像海底奇峰突起。多少学者,语言没有这样的滋味。　　一个人要涂什么颜色全由他自己,像你这样红透,真是羞死那班钻营名利的人们。你像一朵花似地谢了,但是结成了千万颗种子,争相继承的是新的一代红领巾。红领巾们啊,愿你们常常洗涤灰尘,多多经受风雨,坚决树立争上游的志向,力争上游永远不懈,你们的青春就会比天地还长久。

采　桑　子(四首)
反　"愁"

在前人的文学作品中,常常谈愁说恨。其中一部分反映了旧社会的压迫,是可以理解或者值得同情的;另一部分却不值得同情,很多还是空虚的,虚伪的,甚至反动的。后

---

① 这里指的是下面两件事情:
　　一件事情是,雷锋在鞍山钢铁公司参加基本建设时,有一天晚上,天下大雨,为了抢救在露天放着的水泥,他毫不犹豫地跑回宿舍卷起自己的棉被,去盖住水泥。
　　另一件事情是,雷锋的战友周述明接到家信,说父亲病了,要他寄钱给老人医病。雷锋知道后,就不声不响地用周述明的名义,寄去了十元钱。

者固然毒害青年,需要扫荡,前者也不能让读者沉浸其中,
妨碍革命乐观主义力量的发展。因此选择其中常见的语句
加以痛驳。

把愁说成是天那么大。试看广阔的天空,晴朗无边,那里见得到
一丝愁云?　　说愁深如海是欺骗人的鬼话。海洋上是万顷波涛翻
滚,有如万马蹄子欢腾,天地间一片大好风光。

其　二

谁将愁比做东流的水?无限的波涛,载着张帆的行船,踊跃奔驰
一直向前。　　说是人生像难于上青天的山路,这有什么可埋怨的?
不上突兀的高山,不经艰险的路途,怎么能看得到人间是那样壮观?

其　三

相思未能达到今生的愿望,也不用久久地哀愁!到处是斗争的
烽火,不由得人们怒发冲冠,怎么可以像蚕那样作茧自缚?　　绝代
才华感伤被埋没。等到深入群众的斗争,与群众一起痛苦一起快乐,
才会相信人间还另外有天。

其　四

花开何必愁花谢?长着长长的白发,怎么就一定不如美好的青
春?老马知道路途更好前进。　　生离死别是寻常的事。羡慕什么
神仙,万古团圆有什么意思!人类的历史有如后浪推前浪,让我们赞
美那富有生命力的不断前进的河水!

生　查　子(四首)

家　　书

家书那能值万金①,四海都是兄弟。但是多年养育也形成了很深的感情,你们的形影常常梦见。　　算算年龄已经渐渐长成人了,希望你们不但能文还要能武。一件事情是我最关心的:你们是不是辛勤劳动?

其　　二

斗争如同海洋,早上晚上经常涌现美丽的云霞。水要不断流动,只要停滞一会儿,毒菌就争着传种。　　青春只有一回,转眼就会抛送。要百炼成钢,只有投到群众中去。

其　　三

牡丹称为花中王,但是很快就凋谢落地。难道是没有培植它? 是它经受不住风和雨。　　这样的嫩和娇,怎么配算作名花? 稻麦不在花中竞争芳香,但是每一粒果实都酬劳人们的辛苦。

其　　四

放眼天地之间,崎岖不平的丘陵峡谷多么雄奇有趣。东海的大鲸鱼,常与惊涛骇浪为伴。　　顺水虽然好行船,最后总是流向下游。英雄不是在顺水中产生的,只有到艰难的地方才能找到他们。

---

① "家书抵万金",旧时代汉族成语(杜甫诗句)。

七　　律（四首）
七　一　抒　情

这样伟大的祖国伟大的人物，

千年都碰不上的我遇上了。

挥动了如日月一样光明的笔，

写成了雷霆般震撼世界的不朽文章。

经他们一指点，崎岖险路变成了平坦大道，

在他们的笑谈中，荆棘就成了浮云一般。

如今红旗飘扬春风暖，

全世界人民都在看着这支革命的大军。

其　　二

滚滚大江万里长，

几次分几次合终归流到海洋。

放眼她的源头白雪千万堆，

她的中游象肠子一样曲曲折折。

冲天的激浪是春讯在发怒，

动地的雷鸣是早潮在发狂。

阻挡她的层层山峦今天那里去了？

一入大海就只见一片可爱的辽阔浩荡。

其　　三

经历过多少春夏秋冬，

怕什么四季的风光各不相同。

尽管一群群黄鸟①随着冷热而迁徙，

却不曾动摇过挺身而立傲视冰雪的苍松。

寒天的小虫向壁角寻找它已残破的幻梦，

勇士却乘着大风前进到无际的高空。

奔向壮丽的未来，不要怕迷失方向，

伟大的党早已用彩笔画好了长虹。

其　　四

环视六大洲到处都是创伤，

野猪和豺狼到处冲撞，谁来把它们猎捕？

兄弟们！我们一定同你们同甘苦，共患难，

我们决不向敌人低下头颅。

自由的事业值得我们流血牺牲，

胜利的道路从来都是被压迫者以弱胜强。

在英雄面前不要夸耀原子弹，

试看比基尼②今日万物仍然欣欣向荣地生长。

七　　律
西藏自治区成立

百万农奴站起来了，

千斤枷锁化成了尘土。

佛爷曾经许下西方极乐世界的空话，

---

① 即黄莺。

② 比基尼是西太平洋马绍尔群岛最北端的一个岛，1946 年美国赶走了当地居民，
把这个岛作为美国原子武器和核武器的试验基地。

〔多少年代过去了,〕如今大道才从祖国内地铺来。

今天田野到处都在歌唱解放,

他年要在积雪的山岭上建立起高楼大厦。

人民和土地天天都在变化,

骑马在高原上驰骋胸怀无限壮阔。

四、关于七律《有思》的通信[*]

（1982年6月至11月）

一、钱钟书致胡乔木

（一九八二年六月）

乔木同志：

昨日奉尊命，不敢固辞，耽误大计。然终有鸡皮鹤发老妪忽作新嫁娘之愧。尊诗情挚意深，且有警句；惟意有未达，字有未稳。君于修词最讲究，故即君之道律君之作。原则是：尽可能遵守而利用旧诗格律；求能达尊意而仍涵蕴，用比兴，不浅露，不乖"风人"之旨；无闲字闲句（此点原作已做到，现只加以推敲）。原稿即由我宝藏，现呈上抄录稿，每句上附僭改，逐句说明。聊供参考，并求指正。贵事忙

---

*　七律《有思》（四首）是作者1982年6月1日诞辰时的抒怀之作。以《有所思》为题发表于《人民日报》1982年7月1日第2版。收入诗集《人比月光更美丽》再版本时改现题。发表前曾请钱钟书斟酌修改。此篇前三封信即由此而来。发表后，作者对邓颖超关于诗意的询问复函作了回答，这就是收入本篇的通信之四。此后作者又三次致函李琦作了订正，以通信之五录入。通信之六是作者对《有思》作试析的一位编辑的答复。这八封信都按手稿刊印。

不劳复示。专此即致

敬礼！

　　　　　　　　　　　　　　　钟书上　　八日夜

谷羽同志处并此问候

二、胡乔木致钱钟书

（一九八二年）

钟书同志：

拙作承多费时日，备予指点，铭感无已。虽因人之心情不同，抒情之方亦有异，但所示其中弱点，则为客观存在。故经反复琢磨，已改易数处。因重抄存览，聊为纪念。[①]

一川星影听潮生，仍存听字，此因星影潮头，本在内心，非可外观。又看潮则潮已至，影已乱，听则尚未逼近，尚有时空之距离也。（旁注：听潮声之主语固为作者，亦可解为星影本身，此为有意之模糊；看潮生则主语显然有易，句中增一间隔。）幽木亦未从命，则因幽树禽声，所在皆有，幽谷往觅固难，且原典只云出于幽谷，固亦已迁于乔木矣。鸣禽活动多有一定之高度，深谷非其所宜。下接长风两句，因此首本言政治之春天，若仅限于自然界之描写，在个人的情感上反不真实。至将凋、不尽，原属好对，但前者过嫌衰飒，后者用代代，则含子又生孙、孙又生子之意，与下文愚公相应，似较不尽为长。（旁注：将凋之叶必少而近枯，亦难成不尽之丝）以上拉杂固陋，不免妄渎，知无不言，姑率陈之，惟乞海涵为幸。

---

① 改易后重抄的诗四首，原附信后，这里从略。

杨绛同志并此问候。

胡乔木

六月十五日

三、钱钟书致胡乔木

（一九八二年六月）

乔木同志：

上星期六晚间慎之①同志来示尊作改本，走时误将您给我们的原稿带去。事后发觉，甚为懊丧，想向他要回，而奉到来信，并最新改本，既感且喜。慎之口头向我解释了您的用意，我恍然大悟，僭改的好多不合适，现在读您来信，更明白了。我只能充个"文士"，目光限于雕章琢句；您是"志士仁人"，而兼思想家，我上次的改动就是违反了 Pope, An Essay On Criticism 的箴言②: "A perfect judge will read each work of wit/ With the same spirit that its author writ." 孟子在《万章》里早把诗分为"文"、"辞"、"志"三部分，近代西洋文论家也开始强调"Sense"为"intention"所决定，"intention"就是孟子所谓"志"，庄子所谓"随"。我没有能"逆"您的"志"，于是，"以辞害志"，那是我得请您海涵的。新改本都满意，只有"风波莫问愚公老"一句，我还

---

① 慎之，即李慎之(1923—　)：江苏无锡人，与钱钟书同乡。时任中国社会科学院美国研究所所长。

② Pope：通译蒲柏(1688—1744)，英国诗人。下文引用的是蒲柏用英雄双韵体写的长诗《批评论》(1711)中的箴言："真正的解人读任何才人的作品，都定能抓住作者下笔时的精神。"

"文字魔深",觉得"愚公"和"风波"之间需要搭个桥梁,建议"移山志在堪浮海",包涵"愚公"而使"山""海"呼应,比物此〔比〕志,请卓裁,也请和慎之推敲一下,他思想敏捷而记诵广博,极能启发,您所深知,不用我说的。

　　专致

敬礼!

　　　　　　　　　　钱钟书　十八日　杨绛同问好

谷羽同志处并此问候

四、胡乔木致邓颖超

颖超同志：

七一在《人民日报》发表的四首诗，承您过奖，很不敢当。因您说到诗中有不易看懂之处，更以未能做到明白晓畅为愧。现趁休息之便，谨将各首作意稍加说明，敬供参考。

七十孜孜何所求	转用唐王维《夷门歌》(咏战国魏侯嬴事)"七十老翁何所求"句意。
秋深深未解悲秋	不以晚年而伤感消极。
不将白发看黄落	承上句。楚宋玉《悲秋赋》有"草木黄落而变衰"句。"将"作"用"、"以"解。
贪伴青春事绿游	绿游，新造词，指在绿色草木风景中的旅行，借喻建设新社会新生活的革命事业。
旧辙常惭输折槛	自愧过去未能像汉成帝时朱云折槛样坚强不屈。《辞海》有"折槛"。
横流敢射促行舟	现当坚决同各种错误思潮斗争。敢谢是岂敢拒绝。
江山是处勾魂梦	是处即处处，因前已用孜孜，行文略加变化。
弦急琴摧志亦酬	为坚决斗争而牺牲一切，也就满足了。

少年投笔依长剑	长剑指革命事业。
书剑无成众志成	个人虽无所成就(项羽学书学剑皆不成),但所献身的革命事业却胜利了。
帐里檄传云外信	帐指指挥机关。檄传云外信(转用南唐李璟"青鸟不传云外信"句),指讨敌的檄文通过电传发到远处,也包括转发远处发来的斗争消息。
心头光映案前灯	表示自己只做了案头的工作。
红墙有幸亲风雨	红墙指中南海。风雨由"春风风人,春雨雨人"脱出,指中央各领导同志。
青史何迟辨爱憎	指毛主席晚年所造成的一系列冤案直到三中全会至六中全会才得到澄清,林、江两案直到八〇年才得到解决。
往事如烟更如火	往事使人心情激动伤痛,故云如火。
一川星影听潮生	去世的人留在记忆里,仿佛一天星影映在河水里,并引起心潮的激荡。
几番霜雪几番霖	指过去的动乱之多之久。
一寸春光一寸心	指对今天的大好局面的珍惜。
得意晴空羡飞燕	两句用形象来描绘欢悦的心情。虽然也可
钟情幽木觅鸣禽	说是暗喻人们兴高采烈地放手建设社会主义,并为此而探求人,探求物,探求真理,但这样说死就索然无味了。
长风直扫十年醉	北周庾信《哀江南赋》:"天胡为而此醉"。
大道遥通五彩云	社会主义的大道通往共产主义。
烘日菜花香万里	烘日言菜花在日光下鲜明如火。菜花色胜

人间何事媚黄金	黄金,又饶香气,暗喻人们的劳动才是真正可宝贵的。
先烈旌旗光宇宙	由杜甫"诸葛大名垂宇宙"句化出。
征人岁月快驱驰	回应第一首。虽岁月如驶,但革命者从来乐观。
朝朝桑垄葱葱叶 代代蚕山粲粲丝	每天的桑叶都变成了蚕丝,借指革命者每天的生命都是有价值的。一棵桑树和一条蚕虽然寿命有限,但整个桑蚕的生命代代绵延不绝。反用李商隐"春蚕到死丝方尽"句意。
铺路许输头作石 攀天甘献骨为梯	两句都是说革命者愿为将来而自我牺牲。
风波莫问蓬莱远 不尽愚公到有期	庾信《哀江南赋序》:"蓬莱无可到之期。"这里反驳了这种悲观论,说革命道路上的风波虽多,但由于一辈辈愚公用移山的精神奋斗不止,共产主义的人间乐园一定有实现的一天。

　　这几首诗在艺术上都有缺点,实在不值得这样地啰嗦解说。而且您只是说有些地方不易看懂,本不应逐句去讲。只因您的话说得简单,当时未能问清是哪几处,现写成这样,很觉惴惴不安。好在这一切都出自对您的敬意,不当之处请您务必加以原谅。敬祝
健康

胡乔木
一九八二年七月二十五日于青岛

五、胡乔木致李琦（三封）

（一九八二年）

李琦①同志：

关于《有所思》的注释，因当时在青岛，手边无书可查，故有几处不正确的地方：

1、悲秋：出宋玉《九辩》。原注宋玉《悲秋赋》系误记，根本没有这篇赋。

2、烘日：只解作在　太阳照晒即可。

3、"风飙路远，蓬莱无可到之期"，见庾信《哀江南赋·序》，非赋的本文。

以上望顺报颖超同志。

胡乔木

八月廿八日

李琦同志：

前信仍有脱误：

1、天醉句的原话是"天何为而此醉"，青岛信中误何为胡。

---

① 李琦（1918—2001）：河北磁县人。时任中共中央文献研究室主任。

2、"风飙道阻，蓬莱无可到之期"，前信误阻为远。

胡乔木

八月卅一日

李琦同志：

关于《有所思》的注释，近又记起两处有误。

1、"黄落"出于汉武帝《秋风辞》："秋风起兮白云飞，草木黄落兮雁南归。"非出宋玉《九辩》。《九辩》是说："悲哉秋之为气也，萧瑟兮草木摇落而变衰。……"

2、风雨：《说苑·贵德》："管仲上车曰：……吾不能以春风风人，吾不能以夏雨雨人，吾穷必矣！"是夏雨而非春雨。春风化雨的说法，是取自此语及《孟子·尽心上》："有如时雨化之者"。风雨的出处两者皆可通。

年老凭记忆多出错误，不直接查书不行。

胡乔木

十一月十七日

六、胡乔木致肖永义

（一九八二年）

永义①同志：

　　九月廿九日信收到。很感谢你为我的一首小诗费了这样多的劳动。夸誉过甚，所不敢当。有些地方，写的只是直抒胸臆，并未想到古人的有关篇什，承你指出，更感厚意。但有几处是误解，这是旧体诗比新体诗对读者更大的麻烦，既承询及，略复如下：

　　一、秋深深未解悲秋可以说是第一句的某种答复，但只是消极的（否定的）。主要的答复还在第四、六、七、八句。"绿游"意即为追求理想。又首句是由王维诗"七十老翁何所求"脱出。

　　二、依长剑不用倚非因平仄，而因所指不同。依是随从之意，依长剑即投身革命之意。

　　三、映只是互相映照，并无使灯光也显得分外明亮之意。我不敢如此狂妄。

　　四、风雨是说春风化雨，或春风风人、夏雨雨人中的风雨。这里当然是指当时党中央的各位领导同志。因为这些同志后来的遭遇，

---

① 永义，即肖永义（1928—　）：湖南湘潭人。时任中国人民解放军政治学院《思想战线》杂志编辑室副主任。1982年9月29日致信胡乔木，并附寄他写的《一寸春光一寸心——胡乔木同志〈有所思〉试析》，请胡乔木指教。

才引起青史一句。

五、往事二句是个人的抒情。往事而言如火,是说引起的感情的强烈以至创痛。一川星影仍是指往事,但更重于怀人,所怀之人已不可见,只能见于记忆(川)中之影,星暗示一些伟大人物犹如巨星。回忆引起心头的波涛,故言听潮生。

六、两个一寸相比,是说春光来之不易,亦以喻心情的激动,春光既是生命换来的,亦即与生命合为一体。下面得意钟情即此句的延伸或形象化。得意和钟情意均双关,照字面讲可以说是飞燕的得意,鸣禽的钟情(春禽之鸣多引诱异性)。羡飞燕,希望局势和工作的顺利,觅鸣禽,表示追求志同道合的人。

七、醉言天醉,语出哀江南赋天何为而此醉。

八、朝朝承上句征人岁月而言。下句谓每天的斗争都不是徒劳的,前途代代相传,亦承快(快乐之快)驱驰而言。(快驱驰与曹丕诗无关,意义亦相反)末句不尽　愚公与代代相应。

九、风波莫问蓬莱远亦反用哀江南赋序:风飙道阻,蓬莱无可到之期。

十、第三首的首联虽可勉强说是对仗的变格,但第四首的首联却是对仗。至于所举流水对当句对未免说得太滥。

昔人言诗无达诂,一句诗本可引起不同的联想,因此也不必作固定的解释。承你费了这样大的周折,不敢不有所答复,这也只能作为参考罢了。

原件附还。

胡乔木

十月十四日

五、钱钟书对《赠谷羽》诗的修改

原　诗	钱　注
白头翁念白头婆，	
一日不见三春多。	"春"易"秋"字何如？《诗·采葛》："一日不见，如三秋兮。"
五十余载共风雨，	"载"易"年"字何如？因下句首仄仄仄仄，此句首四字仄仄平仄，平稍变则声韵似谐些。
小别数日难消磨。	
此生回望半虚度，	"望"字稍逊于"顾"。如易为"回顾此生"似可把"此生虚度"拉紧，较有力。
未得如君多建树。	
两弹一星心血沥，	

正负对撞声名著。

晚年遭遇颇离奇，　　"离"似未达意，易"蹇"字又似太浅露。仍之。

浮云岂损日月辉。

自古功成身合退，

沙鸥一对两忘机。　　"一对"易"比翼"何如？以与下句并驾对称。

伏枥亦作并驾图，

缠身衰病欲何如。　　"欲何如"易"心有余"似语气较乐观，且"心"
　　　　　　　　　　与"身"呼应。

抚躬一事堪自慰，

唱随偕老相护扶。

人言五十是金婚，

金贵安足与比伦。　　原句似不甚达。易为"黄金纵贵难比伦"，
　　　　　　　　　　何如？

夕阳更比朝阳好，　　"比"字与上句"比"字复。易"更比"为"未让"

何如？

君傍不解早黄昏。　　"君傍"易为"傍君"何如？"早黄昏"不甚达，
　　　　　　　　　易为"傍君不觉已黄昏"，何如？

再 版 后 记

　　趁本书再版的机会,将全书款式不统一处作了调整;对注释中涉及的人物,凡初版以来逝世者,标明了卒年。

编　者

2014 年 12 月

责任编辑:邓创业

封面设计:石笑梦

版式设计:周方亚

责任校对:张　彦

图书在版编目(CIP)数据

胡乔木诗词集/《胡乔木传》编写组 编.—2 版(修订本)

　-北京:人民出版社,2015.1

(乔木文丛)

ISBN 978－7－01－013769－8

Ⅰ.①胡… Ⅱ.①胡… Ⅲ.①诗词-作品集-中国-当代 Ⅳ.①I227

中国版本图书馆 CIP 数据核字(2014)第 171838 号

胡乔木诗词集

HUQIAOMU SHICIJI

(修订本)

《胡乔木传》编写组　编

人民出版社 出版发行

(100706　北京市东城区隆福寺街 99 号)

北京新华印刷有限公司　新华书店经销

2015 年 1 月第 2 版　2015 年 1 月北京第 2 次印刷

开本:635 毫米×927 毫米 1/16　印张:14.25

字数:185 千字

ISBN 978－7－01－013769－8　定价:36.00 元

邮购地址　100706　北京市东城区隆福寺街 99 号

人民东方图书销售中心　电话　(010)65250042　65289539